GRENADINE
A
DISPARU

Les enquêtes de Lombric

2

Guilhem CANDIE

En pleine vie, nous appartenons déjà à la mort.

Agatha Christie

ISBN : 9798457820890

Couverture : Marie Thoisy illustratrice

marie-thoisylounis.com

Cette histoire est une fiction : toute ressemblance avec des personnages ayant existé ou existant encore constitue une coïncidence.

1

Le rendez-vous manqué

Mardi 25 octobre

Madame la maire de Prayrac, petit village fleuri du haut Quercy, dans le Lot, reçut un coup de fil fort étrange de la dénommée Grenadine, un mardi matin, deux jours après le décès soudain de l'homme le plus riche de la région, monsieur Tabac.

La première magistrate venait à peine d'ouvrir la mairie. Elle fouilla dans les méandres de son sac à main tandis que le téléphone vibrait et ne répondit qu'après un instant. Tout de suite, la voix hachée et émue de son interlocutrice la surprit :

– Je dois te voir Françoise, le plus vite possible !

– Bonjour, Grenadine !

– Oui, bonjour. Excuse-moi ! Il faut que je te parle. Roger est mort et…

– Je le sais déjà ! Depuis dimanche…

– Ce n'est pas ce que je voulais dire ! Laisse-moi t'expliquer ! J'ai quelque chose à te révéler.

– Eh bien, je t'écoute !

– Non, pas au téléphone.

– Et pourquoi pas ?

Grenadine respirait fort. Son interlocutrice percevait son souffle rapide dans l'appareil.

– Non ! dit Grenadine. Je veux être sûre que personne n'entende. C'est trop grave.

Silence. Madame la maire pesait le dernier mot que venait de prononcer Grenadine.

– Grave ? finit-elle par demander. Grave comment ?

– Je vais passer en mairie, si tu es d'accord. Tu es seule ? On pourra parler ?

– Oui, oui ! Mais tu pourrais aussi bien me le dire maintenant ! Personne n'écoute !

– Non ! Je ne suis pas sûre que…

Elle s'interrompit, puis reprit après un court instant :

– J'arrive.

Et elle raccrocha.

Françoise Reynardeau demeura perplexe, secouant la tête de droite à gauche. Elle occupait la fonction de maire depuis plus de quatorze ans. Elle avait endossé cette charge dès la première année de sa retraite. Cela remontait à tellement loin ! Ce mandat serait sans doute le dernier, le poids de l'âge commençant à se faire sentir.

Elle mit en marche la cafetière, comme tous les matins, songeant à Grenadine. Elle la connaissait depuis que celle-ci s'était installée dans le village, il y avait une dizaine d'années. Elle louait une charmante maisonnette au dénommé monsieur Tabac, qui venait de passer l'arme à gauche deux jours auparavant.

Grenadine a toujours eu un comportement à part. Inutile de s'inquiéter à cause d'une discussion au téléphone !

Madame la maire se souvenait de la première semaine qui avait suivi l'arrivée de la locataire. Celle-ci, pensant peut-être avoir aménagé dans un patelin désertique, n'avait rien trouvé de mieux, le premier jour de son installation, que de pratiquer le naturisme dans son jardin ! À soixante-cinq ans ! Se croyant à l'abri derrière sa haie de noisetiers, elle s'était étendue dans un transat telle Ève dans le paradis imaginaire. Elle s'était endormie, tendrement bercée par la douce brise printanière, nullement réveillée par les divers tracteurs des exploitants agricoles locaux qui, dans l'après-midi, passèrent et repassèrent, sans doute davantage que de coutume.

Françoise fut avertie du scandale vers seize heures. Elle préféra se déplacer sur les lieux plutôt que d'envoyer le cantonnier pour constater l'exhibitionnisme. Elle ne put alors que se rendre à l'évidence : la vue depuis la route, surplombante, ne laissait rien perdre de la sieste *in naturalibus* de la néo-prayraquoise.

La maire dévala la légère pente qui conduit au jardin de Grenadine et entreprit de la tirer de son sommeil en lui secouant doucement l'épaule. Cette manœuvre eut pour effet de la réveiller brusquement.

Ainsi se firent les présentations entre la première magistrate du village et Grenadine, cette dernière tout de même gênée, se confondant en excuses quand elle eut compris son erreur, et se précipitant pour revêtir un peignoir couleur crème.

Oui, Grenadine est un peu perchée. Je ne dois pas m'inquiéter pour si peu !

La vieille dame entreprit de commencer sa journée d'élue. Ce matin, elle était seule, car sa secrétaire Eugénie gardait son fils malade. Elle parcourut ses mails récents en sirotant son café brûlant, répondit à quelques-uns d'entre eux, téléphona au cantonnier pour s'assurer qu'il tondrait bien la pelouse du stade dans l'après-midi, jeta un coup d'œil à la maquette du bulletin municipal qui devait paraître sous peu, vérifia l'ordre du jour de la réunion de l'après-midi. Il y avait moins de travail qu'à l'ordinaire.

Dix heures sonnèrent bientôt au carillon de l'église sur la place. Tout accaparée par ses tâches, Françoise avait relégué l'appel insolite de Grenadine au rang d'affaires secondaires.

Elle quitta ensuite la mairie pour rendre visite aux nouveaux propriétaires de l'auberge locale. Il s'agissait d'un couple arrivant de l'est de la France : Daniel et Louise. Tous deux souhaitaient se relancer dans une région différente après le dépôt de bilan de leur pizzéria près de Metz. Ils avaient alors repris l'établissement de Prayrac, fermé depuis quelques années, en présentant un projet solide qui avait séduit les habitants : bar, restauration, paniers producteurs, débit de tabac, retrait de colis, coin épicerie, chambres d'hôte, plats à emporter sur commande… le bail avait été signé rapidement et avec le sourire de part et d'autre.

Sur le chemin, l'élue s'arrêta pour admirer les travaux qui venaient de se terminer sur l'ancien presbytère ; le bâtiment accueillait depuis peu une photographe très prometteuse et connue sur les réseaux sociaux.

Madame la maire retrouva à l'intérieur de l'hôtel la doyenne du village, Marinette, bon pied bon œil malgré ses quatre-vingt-dix-huit ans, qui ne manquait jamais la dégustation de sa noisette entre dix et onze heures. La discussion tournait autour de l'infortuné monsieur Tabac.

– La veille, je vous dis ! affirmait Marinette. Je lui ai parlé la veille, le samedi ! Il revenait du boulodrome. Il se portait comme un charme !

– C'est vrai ! confirma la nouvelle gérante, Louise. Il était passé avaler une bière. Il a aussi pris un paquet de cigarettes.

– Mais de quoi est-il mort, finalement ?

Françoise soupira. Elle entendait la même musique depuis le week-end. Personne ne comprenait qu'un gonze sexagénaire qui jouait à la pétanque la veille, buvait de l'alcool, fumait, plaisantait tout le temps, bascule soudainement de l'autre côté du miroir un dimanche.

C'est toujours pareil : les gars qui font des pieds de nez à la faucheuse toute leur vie, on pense que cela va durer, qu'ils vont enterrer tout le monde. On ne les imagine jamais trépasser.

– Tiens ! Françoise ! s'écria Marinette. Tu vas peut-être pouvoir nous expliquer, toi !

– Si je peux, ce sera avec plaisir !

– On se demandait, avant que tu arrives : comment elle va faire, Grenadine, maintenant, pour le loyer ?

La mairesse sursauta vivement.

– Bon sang ! s'exclama-t-elle. Où ai-je la tête ? Quelle gourde ! Grenadine… on avait rendez-vous ! Excusez-moi, je file !

Et elle se précipita aussi vite qu'elle pouvait vers la sortie, négligeant de répondre à la question de la doyenne, laissant ses interlocuteurs médusés.

Elle effectua les deux cents mètres qui séparent l'auberge de la mairie en grognonnant et ronchonnant à haute voix contre elle-même.

Sur place, elle trouva Antoine, le cantonnier, qui venait de stationner sa camionnette non loin de là et qui lui apportait des œufs frais de son poulailler.

– Antoine ! l'interpela madame Reynardeau. Est-ce que Grenadine est passée ?

Il n'en savait rien, Antoine ; il arrivait à l'instant.

– Antoine, je suis une dinde ! J'attendais Grenadine, qui devait me faire des révélations, et puis j'ai subitement oublié ; je suis sortie me promener. C'est l'âge, à coup sûr ! Jamais je n'aurais connu ce genre de pépin avant !

– Des révélations ? répéta Antoine. Ça m'étonnerait bien ! Il ne se passe jamais rien, dans ce village !

– J'aimerais bien que tu ailles voir chez elle, veux-tu ? Dis-lui que je me suis absentée vingt minutes, mais qu'à présent, je suis rentrée et qu'elle peut venir.

Le cantonnier accepta et grimpa dans sa camionnette pour rallier la maison de Grenadine, distante de deux kilomètres environ. Il était dix heures trente.

Madame la maire ouvrit machinalement la boîte contenant les œufs des poules. Certains avaient une teinte verdâtre, d'autres bleutée.

Elle pensa vaguement qu'Antoine avait acheté de nouvelles races de pondeuses. Puis son portable se mit à vibrer. C'était l'employé, précisément.

– J'y suis ! dit ce dernier.

– Très bien ! Tu lui as passé la commission ?

– Non.

– Non ?

– Non. Elle n'est pas là.

– Tu as sonné ou bien tapé à la porte ? Elle est dure de la feuille, tu le sais…

– Les deux.

– Et elle n'a pas répondu ?

– Non.

– Sa voiture est là ?

– Oui.

– Elle se trouve peut-être dans le potager.

– J'en viens : il n'y a personne.

– Ah ! Elle est sûrement en route, dans ce cas. Elle doit marcher. Elle va arriver. Je vais l'attendre.

Françoise remercia le cantonnier et raccrocha. Elle se positionna alors à l'entrée de la mairie.

Elle s'installa sur un banc proche, laissant les rayons du soleil gentiment lui lécher les joues.

Mais trente bonnes minutes s'écoulèrent encore et point de Grenadine. L'élue rappela Antoine qui ne répondit pas.

S'il se sert de son coupe-haies, il ne m'entend pas. Tant pis, j'y vais.

Françoise ferma la porte de la mairie, et y scotcha un papier indiquant qu'elle serait de retour en fin de matinée. Puis elle grimpa dans sa voiture et démarra.

Sur le chemin, elle croisa plusieurs personnes : une villageoise qui promenait son chien, un gros Patou des Pyrénées, la jolie postière typée dans son utilitaire jaune, le producteur de lait local, Ludovic, qui avait l'air pressé et contrarié, et le premier adjoint, Claude, qui faisait son jogging. À tous, elle posa la même question : avaient-ils vu la locataire de monsieur Tabac ? Mais tous répondirent par la négative.

À 11 h 15, elle arrivait chez Grenadine. Elle constata effectivement que sa voiture, une vieille Golf à la blanche carrosserie parsemée de rouille, était bien garée à son emplacement habituel. Elle jeta machinalement un œil à l'intérieur. Elle ne remarqua rien de suspect.

Elle sonna alors au portillon puis, n'obtenant pas de réponse, poussa ce dernier et s'avança dans le jardin. Là, elle se dirigea vers la porte d'entrée et tapa au carreau. Une fois, deux fois, trois fois. Rien.

Elle fit le tour de la maison et passa devant le potager désert. Elle y fit une halte rapide ; en cette période automnale, il y avait des blettes, des carottes et des butternuts. Quelques plans de framboisiers donnaient encore des fruits. Françoise se dirigea vers le poulailler tout en rappelant Antoine sur son portable. Cette fois-ci, l'employé répondit.

– Je suis chez Grenadine. Elle n'est pas là.

– Je te l'avais bien dit !

– Tu ne l'aurais pas croisée dans le village depuis tout à l'heure ?

– Absolument pas ! Je débroussaillais le chemin de La Borie.

– Tu as fini ? Surtout, préviens-moi si tu la vois.

Elle raccrocha et lança quelques graines de maïs concassé aux poules. Celles-ci échangèrent des coups de bec hargneux pour être les premières à picorer.

Midi sonna à l'église proche. Il était trop tard pour retourner à la mairie. Françoise se demandait si elle devait se rendre chez elle pour manger ou bien si elle tentait d'entrer chez Grenadine pour être sûre qu'elle ne s'y trouvait pas. Finalement, elle renonça à cette alternative, projetant de revenir dans la journée.

Avant de partir, elle décida de téléphoner à la locataire pour en avoir le cœur net. Elle laissa sonner plusieurs fois et tomba sur la messagerie.

– Grenadine, c'est Françoise. Tu ne devais pas venir me voir ce matin ? Tu m'as mis l'eau à la bouche avec tes cachotteries ! Rappelle-moi qu'on puisse convenir d'un autre rendez-vous s'il te plaît. Je suis un peu inquiète, figure-toi que personne ne sait où tu es passée !

2

Mais où est Grenadine ?

L'après-midi s'écoula sous une pluie fine portée par un vent léger et glaçant qui plongea le village dans l'apathie. Peu d'habitants risquèrent leurs os à l'extérieur de chez eux. On vit certains rentrer des bûches de bois, d'autres promener leurs animaux dans la hâte… mais pas davantage.

Dans son bureau, Françoise Reynardeau recevait des architectes qui lui exposaient leur plan d'aménagement pour un lotissement municipal. Elle ne cessait de surveiller son téléphone portable, guettant un éventuel message.

Puis, elle devrait s'occuper de l'enterrement de monsieur Tabac. En effet, celui-ci étant décédé sans famille, la mairie prenait le relais de l'organisation des obsèques. Le défunt ayant à plusieurs reprises, devant témoins, exprimé le souhait d'être incinéré, il y aurait donc une crémation. On disposerait l'urne cinéraire dans le columbarium du cimetière du village. Par la suite, la mairie serait remboursée des frais engagés durant la liquidation de la succession.

On ignorait l'importance de l'héritage du mort. Ce dernier s'était fortement enrichi jusqu'aux années 1980 grâce à la culture du tabac. D'où son surnom éponyme. Depuis des décennies, on ne l'appelait plus que comme cela. Certains, dans le village, prétendaient que sa fortune était considérable. Mais personne n'en avait la preuve. Le défunt n'avait pas investi dans l'immobilier. Il ne montrait aucun signe extérieur de richesse. Il vivait chichement.

Selon toute vraisemblance, et si les généalogistes ne trouvaient pas d'héritier, l'argent — si argent il y avait — reviendrait à l'État. Madame la maire attendait des nouvelles imminentes du notaire, Maître Hectare, qui évaluait la fortune du mort.

Y avait-il un testament ? La maison deviendrait-elle la propriété de la commune ? Autant de questions dont Françoise Reynardeau ignorait les réponses.

Vers 16 heures, elle fit couler son quatrième café de la journée. Ce chiffre représentait sa dose quotidienne. On peut dire que son humeur dépendait grandement de la caféine. Celle-ci la stimulait, physiquement et intellectuellement, sans lui procurer aucun effet secondaire néfaste : ni tachycardie ni difficulté d'endormissement.

Il lui restait une heure avant son rendez-vous avec les pompes funèbres. Elle décida de rappeler Grenadine, mais tomba à nouveau sur sa messagerie.

– Grenadine ! Il n'y a que toi pour être aussi étourdie ! Tu insistes pour me voir en urgence ce matin et puis tu te volatilises ! Téléphone-moi, s'il te plaît !

Elle contacta ensuite Antoine qui finissait de tondre la pelouse du stade. Lui non plus n'avait aucune nouvelle de la mystérieuse locataire.

Madame la maire fit un détour par la maison de la disparue avant de rallier le funérarium. La vieille Golf était toujours là. Cette fois, après avoir de nouveau hélé Grenadine en vain, elle décida de pousser la porte d'entrée. Celle-ci n'était pas fermée.

Il fallut faire jouer l'interrupteur, car l'intérieur était sombre.

– Grenadine ? C'est Françoise !

Silence.

– Tu es là ?

Personne ne répondait. La septuagénaire fit le tour des différentes pièces. Tout semblait normal : le lit était fait, le linge étendu, la table du salon propre. Il restait tout de même de la vaisselle dans l'évier. En s'approchant, l'élue remarqua un bol et des couverts. Une légère odeur de thé vert se dégageait.

Françoise quitta les lieux puis, sur le retour, décida de s'arrêter à l'auberge. C'était l'heure où Daniel et Louise préparaient les plats à emporter pour le soir. Cela sentait les légumes mélangés à la farce au bœuf et aux herbes.

– Vous m'en gardez une part ? s'entendit demander l'élue. Ça sent tellement bon !

– Ce sont les trompettes de la mort ! J'en mets toujours deux ou trois coupées finement dans la viande, expliqua fièrement le chef cuisinier.

– Il me semblait bien ! Deux portions alors ! J'en aurai pour demain !

Madame la maire était gourmande. C'était un fait connu de tous, et sa large silhouette fessue ne laissait planer aucun doute là-dessus.

– Dites ! ajouta-t-elle, se souvenant du but premier de sa visite, vous n'auriez pas vu Grenadine, par hasard ?

Les propriétaires croisèrent leur regard avant de répondre.

– Non, dit finalement Louise. Mais ce n'est pas vous qui deviez la rencontrer ce matin ?

– Elle m'a posé un lapin ! Je la cherche depuis.

– Elle est un peu… originale, non ? plaisanta Daniel. Elle a dû changer d'avis au dernier moment !

– Je ne crois pas, objecta la maire. Elle avait l'air de vouloir me dire quelque chose d'important…

– Ou bien elle aura oublié !

La septuagénaire maugréa une réponse passe-partout, puis déclara qu'elle viendrait plus tard récupérer ses légumes farcis.

Une fois à l'intérieur de sa voiture, elle jeta encore un coup d'œil à son portable ; elle n'avait aucun nouveau message. Elle chercha à qui elle pourrait demander des nouvelles de Grenadine. Il y avait bien une conseillère municipale qui la fréquentait de temps en temps, mais madame la maire ne l'aimait guère. Elle faisait partie d'une autre liste politique que la sienne et pratiquait l'opposition systématique lors des séances de vote, ce qui l'exaspérait. Plusieurs fois, les deux s'étaient pris le bec devant les membres du conseil.

Elle décida de la contacter quand même, car elle disposait d'un réseau *étendu* de connaissances, si tant est qu'on puisse utiliser cet adjectif pour un bourg d'à peine six cents âmes.

– Frédérique ? C'est Françoise. Je ne te dérange pas ?

Comme elle s'y attendait, elle dut passer par les politesses habituelles, puis subir les petites piques de l'élue d'opposition sur la gestion du village : fallait-il vraiment confier l'aménagement du futur lotissement à un architecte d'une autre région ? Pourquoi n'installait-on pas des ralentisseurs à l'entrée de Prayrac ? Est-ce que les nouveaux aubergistes ouvriraient toute la journée ? Cela dura. Puis, lorsque son interlocutrice mit fin aux escarmouches, madame la maire put enfin placer sa question :

– As-tu vu Grenadine ? Elle devait venir ce matin au bureau et…

– Grenadine ? la coupa Frédérique. Je ne suis pas sortie du tout. Avec ce temps ! Tu n'as qu'à passer chez elle si tu n'arrives pas à la joindre ! Quelquefois, la réception est mauvaise.

– Merci, c'est sans doute ce que je vais faire…

Madame Reynardeau ne jugea pas nécessaire de tout lui expliquer et prit poliment congé.

Bon ! Pour l'instant, je ne peux pas faire davantage ! Filons voir le conseiller funéraire !

Elle démarra sa voiture, une Peugeot 308 blanche de 2018, et alla à son rendez-vous. Les pompes funèbres les plus proches se situaient dans la ville de Gramat, à environ dix kilomètres.

Sur place, on lui apprit que monsieur Tabac disposait d'une convention obsèques incluant des prestations particulières. Le contrat avait été souscrit en 2010. Le défunt avait déjà tout réglé.

– La cérémonie aura lieu demain à quinze heures, expliqua le responsable. C'est vous qui récupérerez les cendres ?

– Euh… oui, répondit Françoise, un peu prise au dépourvu. Vous dites qu'il avait tout payé ? C'était un devis qui s'étendait sur plusieurs mois ?

– Non, madame, il avait choisi de tout donner d'un coup, *pour être tranquille*, avait-il précisé. Je m'en souviens bien, car c'est moi-même qui l'avais reçu. Un homme intelligent et très gentil sous ses apparences d'agriculteur.

– Bien sûr, cela ne veut rien dire ! Mais cette convention qu'il vous avait payée, si je puis me permettre, est-ce que son montant était important ? Je m'étonne un peu, voyez-vous, car monsieur Tabac n'étalait pas son argent… et comme il n'avait pas de famille pour l'aider…

– Monsieur Tabac ?

– Oui, nous l'appelions ainsi dans le village.

– Oh ! Je comprends ! s'exclama l'employé. Je me souviens très bien du défunt. Il était assis exactement à votre place. Je le revois commencer notre entretien en disant : *il me faut le meilleur contrat. On ne part qu'une fois, n'est-ce pas ?* Il voulait… orchestrer son dernier voyage à sa guise, c'était sa volonté. Il avait souscrit à la convention la plus complète à l'époque, pour huit mille euros.

Madame la maire recula légèrement contre son siège sous le coup de l'émotion. Huit mille euros payés sans crédit ! Coquette somme ! Cela confirmait peut-être les rumeurs…

– Voilà comment ça marche, continua le professionnel : vous disposez du montant réglé par le défunt pour organiser les funérailles. Puis-je vous présenter les options ?

Et sans attendre de réponse, l'homme ouvrit une brochure, tel un menu au restaurant. Il fallut choisir la qualité du cercueil d'exposition, le salon, les accessoires… Françoise, qui ne s'était elle-même jamais penchée sur la question, malgré son âge plus avancé que celui de la victime, découvrit les subtilités de ce commerce avec un certain dégoût. Vite lassée, elle coupa court au moment où on lui décrivait les différents coussins qui supportent la tête du mort.

– Écoutez, faites au mieux ! s'agaça-t-elle. Utilisez l'argent que vous avez, mais ne dépassez pas. La mairie ne s'engage pas pour un euro de plus.

Après quoi elle prit congé précipitamment, un peu effrayée par l'idée que l'employé pourrait lui proposer une convention à elle !

Ne provoquons pas le sort ! Cela viendra bien assez tôt !

Françoise était un brin superstitieuse ! Elle ne parlait jamais de sa propre mort. Elle ne se sentait pas concernée par celle-ci et comptait bien profiter de la vie jusqu'au bout.

Sur le chemin du retour, elle dut placer les essuie-glace en position « rapide » pour y voir quelque chose. La pluie redoublait.

C'est au milieu du trajet, à hauteur du lieu-dit le Moulin du Four, qu'elle aperçut une voiture garée sur le côté de la route. Le conducteur avait mis les feux de détresse. La tête mal recouverte par une veste trempée, une main tenant celle-ci tant bien que mal, et l'autre se dégageant les cheveux qui lui retombaient sur les yeux, il faisait de l'auto-stop.

La maire stationna son véhicule près de l'infortuné voyageur et ouvrit la portière.

– En panne ?

– Oui, j'en ai peur !

– Montez !

L'homme, plutôt imposant et maladroit, ne se fit pas prier. Il déposa une valise dans le coffre puis s'affala sur le siège passager en poussant un soupir énorme.

– Merci ! lança-t-il. La dépanneuse de mon assurance ne sera pas là avant une bonne heure ! J'ai cru que j'allais finir noyé sous cette pluie glacée !

– C'est aussi ce que j'ai pensé ! plaisanta l'élue. Ne pas m'arrêter eût été une non-assistance à personne en danger !

– Mais je m'aperçois que je mouille toute votre voiture ! Je suis désolé !

En effet, les vêtements de l'auto-stoppeur dégoulinaient l'eau. Celui-ci donnait littéralement l'impression de sortir d'une baignoire.

– Ce n'est pas grave ! dit la vieille dame, qui pensait tout le contraire et se demandait comment le siège sècherait. Où allez-vous ?

– À Prayrac, vous connaissez ?

– Un peu : j'en suis la maire !

– Tiens ! Quel hasard ! Vous pourrez me laisser à l'auberge ? J'y descends pour quelques jours.

– À l'auberge ? Justement, je dois m'y arrêter !

– Décidément ! C'est la chance qui vous place sur mon chemin !

Ils arrivèrent peu après à destination. L'homme monta aussitôt dans sa chambre pour se changer tandis que madame la maire payait ses deux portions de légumes farcis.

– Je viens des pompes funèbres, expliqua-t-elle. Quelle ambiance épouvantable ! Il a fallu que je règle les derniers détails de la cérémonie. C'était macabre ! Je n'avais rien fait de plus déplaisant depuis longtemps ! Tout cela m'a fait penser au décès de mes parents.

– C'est bien triste ! compatit Daniel. Un homme dégageant une telle vitalité ! On doit bien admettre que sa mort a surpris tout le monde ! Est-ce que le médecin a pu en définir la cause ?

– Le certificat qu'il a établi indique qu'il n'y a aucun problème médico-légal, affirma madame la maire.

– Qu'est-ce que ça veut dire ?

– Qu'il ne soupçonne pas de suicide ou un autre motif de décès ; c'est sans doute une crise cardiaque. Donc qu'il n'y aura pas d'autopsie.

Daniel ne rétorqua pas, mais il retourna derrière le comptoir en affichant une mine dubitative.

3

Un détective dans le village

L'auto-stoppeur rejoignit la salle commune de l'auberge d'un pas lourd. Il s'était changé à la va-vite. Ses cheveux étaient encore tout ébouriffés.

Les propriétaires et Françoise prenaient l'apéritif lorsqu'il s'approcha.

– La chambre vous convient ? lui demanda Louise.

– Parfaitement ! répondit le nouveau venu. Spacieuse, bien aménagée. Et ces poutres apparentes sont de toute beauté !

– Désirez-vous quelque chose ?

– Ma foi ! Je voudrais bien une bière !

L'homme s'installa au bar avec les autres. De fil en aiguille, il expliqua qu'il habitait un petit village des Pyrénées, près de Pau. Qu'il était dans le Lot en vacances. Qu'il souhaitait visiter Rocamadour, le gouffre de Padirac, et voir la Dordogne. Il avait lu dans un guide que la région abritait quelques villages classés qui valaient le détour.

– Je suis ici pour me détendre ! Me détendre ! répéta-t-il entre deux gorgées de bière.

– Vous avez un métier stressant ? interrogea Louise.

– Pas tellement : j'organise mon temps à ma guise. Je gère un certain nombre d'immeubles de rapport. Et en parallèle, j'ai développé une activité de détective.

– Détective ! Vous êtes un vrai détective ?

– J'ai mon diplôme en tout cas ! Maintenant, si vous songez à Sherlock Holmes ou à Hercule Poirot, vous allez être déçus ! Le métier a évolué !

Et l'homme se mit à rire doucement, hochant son menton grassouillet de haut en bas.

– D'ailleurs, ajouta-t-il, je serais surpris que le nom de Samuel Lombric vous dise quelque chose.

En effet, aucune des trois personnes ne réagit au patronyme qu'il venait de prononcer.

– Qu'est-ce qui vous a donné envie de faire ce métier ? demanda Françoise pour briser le silence gênant qui avait suivi.

Lombric expliqua qu'il lui était arrivé de résoudre des petites affaires en qualité de simple particulier.

– J'ai notamment percé le mystère d'un crime sordide qui s'est déroulé dans mon village natal de l'Hérault ! affirma-t-il immodestement devant ses hôtes qui écarquillèrent les yeux de surprise. [1]

Il ajouta que, lors de ces différentes affaires, il avait été amené à agir illégalement, en usurpant l'identité de personnages officiels. Et que, cette situation l'ayant plusieurs fois mis en porte-à-faux, il avait décidé de devenir enquêteur professionnel.

---

[1] Cf. Le crime de la fête votive.

– J'ai choisi de quitter ma montagne pour suivre une formation d'un an à Montpellier. Puis j'ai validé ma carte professionnelle auprès de l'organisme habilité en France. Et voilà ! Je suis détective.

Madame la maire paraissait bien songeuse. Cet homme étrange l'avait un instant divertie, mais elle ne cessait pour autant de penser à Grenadine. Elle regardait son téléphone régulièrement.

– Je choisis les affaires qui me conviennent ! continuait le vacancier. En général, je n'aime pas travailler pour les entreprises qui recherchent, la plupart du temps, des preuves de ceci ou de cela pour accabler leurs salariés. Même si ceux-ci sont fautifs de fausse déclaration à l'assurance maladie, ou de concurrence déloyale… je ne trouve pas ça très intéressant !

– Que faites-vous, alors ? le relançait Louise.

– Eh bien… mais je ne voudrais pas monopoliser la conversation ! Vous, par exemple, madame la maire, vous paraissez préoccupée. Surtout, ne croyez pas que…

– Mais non ! Mais non ! se défendit Françoise. C'est passionnant !

– Alors, si vous insistez, je m'incline ! musarda Lombric. Pour répondre à votre question, madame, je préfère les affaires privées. Adultère, tromperies…

– Vraiment ? releva Daniel. N'y a-t-il pas une sorte de… voyeurisme dans ce genre de missions ?

– Si ! C'est précisément ce qui me plaît : je m'attache toujours à l'humain. À l'individuel, aux sentiments. C'est comme cela que je résous mes enquêtes.

– Dans les affaires de tromperie, il y a souvent plus que du sentiment, fit remarquer Louise. Êtes-vous amené à prendre les coupables en flagrant délit ?

– Vous voyez que c'est intéressant ! triompha Lombric. Vous rentrez dans le vif du sujet !

– Eh bien ! Ne nous faites pas languir !

– Je vais tout vous dire, promis ! Mais ne pensez-vous pas que nous pourrions d'abord passer à table ? Mon ventre gargouille !

Tous les trois approuvèrent l'idée du détective. Le patron servit une terrine en entrée, accompagnée d'un Cahors Malbec rouge, puis les légumes farcis. En dessert, ils mangèrent du fromage.

– Pour en revenir à nos moutons, annonça Lombric vers la fin du repas, je dois vous dire ceci : pour que les preuves que j'accumule pour l'un ou l'autre des conjoints soient recevables en justice, elles ne doivent pas avoir été obtenues illégalement ! En conséquence, je m'introduis rarement dans l'intimité d'une propriété privée.

– Ah ?

L'auditoire semblait déçu par ces révélations.

– En revanche, reprit le gros homme, si, par imprudence, notre couple adultérin se livre à des activités démonstratives en public, comme il m'est arrivé de le constater il y a peu, alors là… plus rien ne s'oppose à ce que j'immortalise la scène avec mon appareil-photo !

Tout en dévoilant ces détails truculents, et tandis que les propriétaires riaient de bon cœur, Lombric n'avait de cesse d'observer la maire à la dérobée.

– Oui ! continuait l'orateur, il y a une semaine, j'ai pu confondre une femme et son amant très… occupés sur le capot d'une voiture située dans un parking souterrain ! Une autre fois, c'était en bordure d'une rivière. Vous voyez que je ne m'ennuie pas !

– Et une disparition ? demanda soudain Françoise. Vous avez déjà enquêté sur une disparition ?

– Non, madame. Ce genre d'affaires échoit en général à la police, qui dispose des moyens nécessaires pour la résoudre.

Louise et Daniel avaient réagi ensemble à la question de l'élue. D'un même mouvement, ils s'étaient tournés vers la septuagénaire. À présent, ils la dévisageaient avec insistance.

– Vous ne songeriez pas à Grenadine, par hasard ? osa Louise.

– Qui est Grenadine ? fit Lombric.

– Oui ! Grenadine ! reprit Daniel. Vous nous en parliez tout à l'heure !

– Qui est Grenadine ? répéta Lombric.

– Une amie, répondit Françoise. On devait se voir ce matin, mais je n'ai plus de nouvelles. Rien de bien inquiétant : elle réapparaîtra certainement dès demain !

– Avez-vous tenté de la joindre ? interrogea Lombric, intéressé.

– Naturellement ; mais je tombe sur sa messagerie.

– Y a-t-il une sonnerie ? Ou avez-vous directement le message d'accueil ?

– Ça sonne un moment. Mais ça ne répond pas.

– Peut-être qu'elle n'entend pas ou qu'elle a égaré son téléphone… vous devriez passer chez elle, ne pensez-vous pas ? suggéra doucement le détective.

– Elle n'y est pas : j'ai d'abord envoyé le cantonnier puis je m'y suis rendue plus tard pour en avoir le cœur net.

– Vers quelle heure ?

– Un peu avant douze heures… puis encore cette après-midi, vers seize heures…

– Vous dites que vous deviez vous voir… vous aviez convenu d'un rendez-vous ?

– C'est exact : elle devait passer en mairie ce matin.

– Avait-elle une raison particulière de venir ?

– Elle voulait me parler.

– C'est tout ? Ce comportement est-il dans ses habitudes ?

– Pas vraiment, avoua Françoise. En fait, elle souhaitait m'entretenir de choses importantes. C'est à peu près ce qu'elle a dit. Mais je n'en sais pas davantage.

– De sorte que vous restez sur votre faim ! Êtes-vous inquiète ?

– Franchement, pas plus que ça ! Grenadine a toujours été une originale. Demain, elle surgira comme un diable de sa boîte avec une explication tordue à souhait, j'en suis certaine !

– Ça, pour être originale, elle l'est ! confirma Daniel.

Lombric acquiesça avec un sourire convenu, puis il décréta qu'il était fatigué. En effet, chacun pouvait voir que ses paupières semblaient peser plusieurs kilos. Il prit congé de ses hôtes non sans avoir demandé à madame la maire de le tenir au courant de « cette affaire ».

Une fois dans sa chambre, il consulta ses messages et fut satisfait d'entendre que sa voiture avait été remorquée chez un garagiste. Il ferma ensuite les volets et put constater qu'à l'extérieur, la tempête faisait toujours rage.

Il se jeta sur son lit et alluma la télévision par réflexe. Il tomba sur une émission de télé-réalité. Une certaine Lilas Kolis[2] essayait de répondre à un questionnaire de culture générale. Sans grand succès.

Il coupa le son et regarda les images qui apparaissaient derrière un voile. Il n'arrivait plus à garder les yeux ouverts.

Dans un demi-sommeil, il rêva des signaux rouges qui s'étaient mis à clignoter sur le tableau de bord de sa voiture, juste avant qu'il ne la gare en catastrophe sur le bas-côté de la route. Il entendit les gouttes de pluie projetées par le vent s'abattre sur les vitres. Il se revit dans l'habitacle téléphoner à son assurance. Puis sortir précipitamment après avoir repéré les phares d'une 308. Se couvrir la tête de sa veste. Tendre le pouce et remuer frénétiquement le bras.

Ensuite, il commença à ronfler.

---

[2] Cf. La notoriété de Lilas Kolis.

4

La face dans l'eau

Mercredi 26 octobre

Françoise discuta avec Maître Hectare, notaire à Gramat, dès neuf heures trente. Et les révélations qu'il lui fit concernant la fortune de monsieur Tabac la laissèrent perplexe.

– Les comptes sont équilibrés ; il n'y a pas de dettes dans la succession. Du moins, à l'heure où je vous parle. Je n'ai pas encore les réponses des finances publiques, par exemple. Mais mon intuition me dit que nous n'allons pas en apprendre davantage dans ce dossier. Il n'y aura pas de vagues.

– *Équilibrés* ? Est-ce que cela signifie qu'il n'y a pas d'argent en crédit ?

– Pas d'argent, ou peu pour être plus précis. Pas non plus de propriétés importantes, à part sa maison de Prayrac et celle de la location, bien sûr. C'est apparemment une petite succession !

– Il y a des héritiers ?

– Personne ne s'est manifesté. On ne lui connaît aucun enfant, frère ou sœur, aucun parent, aucun descendant proche… je me demande si je lance une recherche généalogique. Cela pourrait prendre du temps… Je vais faire évaluer la propriété dans votre village et voir si l'enjeu en vaut la chandelle.

– La mairie pourrait récupérer la maison de monsieur Tabac ?

– En théorie, si personne se manifeste… mais il ne faudrait pas qu'on oublie un cousin au cinquième degré en Afrique ou en Australie ! Ne soyez pas pressée !

– Ce n'est pas le cas ! affirma l'élue. J'ai assez de paperasserie comme ça ! Je vous laisse gérer ce côté-là !

Madame la maire remercia ensuite l'homme de loi et raccrocha.

Samuel Lombric pénétrait dans le bâtiment à ce moment-là. Il salua la secrétaire, mademoiselle Eugénie, une souriante trentenaire qui le dévisageait avec curiosité derrière ses lunettes rondes.

– Bonjour ! lança-t-il d'un air guilleret. Le beau temps est revenu !

Françoise avait presque oublié la présence du détective dans le village. Depuis son bureau, elle l'observa un instant discuter de banalités avec sa collaboratrice. Il accompagnait ses phrases de mouvements de tête vifs d'avant vers l'arrière, ce qui mettait en valeur sa bedaine. Il portait un sac à dos crasseux qui paraissait bien chargé. *Quel manque de charme !* pensait-elle. *Tous ces hommes, dans la cinquantaine, qui se laissent aller !*

– Bonjour monsieur Lombric ! lança-t-elle en s'approchant. Avez-vous bien dormi ?

– Bonjour madame. On ne peut mieux ! Quel calme, dans votre village !

– En cette saison, oui. Mais en été, c'est parfois plus bruyant : certains vacanciers se croient tout permis du moment qu'ils ont payé leur location, au point d'en oublier la civilité élémentaire !

– Je comprends, je comprends, fit l'homme qui ne paraissait pas particulièrement s'intéresser à ces propos.

Un silence gêné se fit, de ces silences qui naissent de l'incapacité de l'un ou l'autre des interlocuteurs à relancer la conversation. Puis Lombric prit l'initiative :

– Je me demandais, osa-t-il, si vous aviez eu des nouvelles de votre amie Mandarine ?

– Vous faites certainement allusion à Grenadine ? le corrigea Françoise. J'allais justement l'appeler. Vous permettez ?

Et l'élue numérota sur son portable, ayant au préalable pris soin de mettre le haut-parleur. Elle posa l'appareil sur une table. Il n'y eut aucune sonnerie. On entendit une voix qui proposait de laisser un message.

– Cette fois, on tombe directement sur le répondeur, fit remarquer Lombric.

– En effet ! concéda Françoise.

– Je vais vous dire franchement, enchaîna subitement Lombric, dont le visage avait pris un air guilleret. Voilà : il se trouve que je suis bloqué à Prayrac, si vous me permettez cette expression péjorative ! Le temps de la réparation de mon véhicule. Je pensais donc que…

– Oh ! Vous ! Je vous vois venir ! plaisanta Françoise.

– C'est que je ne cache point mes intentions ! Allons droit au but, puisque vous m'avez démasqué :

accepteriez-vous que je vous aide à retrouver votre amie ?

– Mais… nous ne sommes même pas sûrs qu'elle ait disparu !

– Bien entendu ! Disons-le autrement, si vous préférez : puis-je vous accompagner dans votre démarche de renouer contact avec elle ? Vous savez, il arrive quelquefois qu'un regard professionnel discerne des éléments importants qui échappent au profane…

– Votre proposition me touche et me ravit, monsieur Lombric ! Un détective, un vrai, qui souhaite m'assister ! Même si ce n'est qu'une demi-journée, j'accepte avec grand plaisir !

– Affaire conclue, dans ce cas ! Ne perdons pas de temps ! Pourrions-nous nous rendre au domicile de cette Grenadine ?

Françoise acquiesça. Elle demanda à la secrétaire de signaler aux visiteurs qu'elle s'était absentée pour une durée indéterminée. Puis la maire et son acolyte prirent place dans la 308 qui stationnait dehors.

– Donc, interrogea Lombric aussitôt, elle tenait à venir vous voir hier matin, c'est bien ça ?

– Oui ! Elle ne voulait rien me confier au téléphone.

– Pourquoi ?

– Aucune idée.

– C'est bien étrange ! Avait-elle proposé une heure précise ?

– C'est-à-dire que… attendez que je me souvienne… j'ai dû lui parler vers neuf heures et quart… et elle a dit… mon Dieu ! Ma mémoire ! Elle a dit « j'arrive », oui c'est ça ! Elle n'a pas donné d'heure… elle a dit qu'elle venait tout de suite.

– Peut-être que votre charmante secrétaire pourrait confirmer l'heure ?

– Hélas, non : elle était absente hier, car elle gardait son fils souffrant.

– Ha ! Je vois ! dit Lombric.

Françoise garait sa voiture au moment où il finissait sa phrase.

– C'est la sienne ? lança le détective en désignant la vieille Golf blanche.

Et il descendit sans attendre de réponse et commença à prendre des photos des traces de pneus au sol.

– Elle n'habite vraiment pas loin ! continua-t-il. Elle aurait dû arriver en mairie dans les cinq minutes qui ont suivi votre échange…

– Elle a l'habitude de marcher, expliqua Françoise. Vous savez, elle fait partie de ces écolos qui font attention à leur empreinte carbone en permanence.

– Admettons ! dit Lombric. Il n'en demeure pas moins que, même à pied, le trajet n'est pas long ! Vous auriez dû la voir avant dix heures, vous ne pensez pas ?

Il faisait à présent le tour du jardin, essayant d'éviter de fouler l'herbe mouillée. Il passa devant le poulailler et le potager puis frappa au carreau de la porte d'entrée. Trois fois. Comme personne ne répondait, il pénétra dans la maison.

À l'intérieur, un froid humide régnait. Le feu n'avait pas été allumé depuis un bon moment.

– Brr ! fit Lombric en inspectant la pièce du regard. On dirait que personne n'a dormi ici cette nuit !

Le détective prit des photos d'un thermomètre qui indiquait douze degrés, du poêle éteint, de la vaisselle dans l'évier. Puis il se dirigea vers la chambre et constata que le lit n'avait pas été défait. Il repéra des chaussons bien rembourrés rangés contre le mur, souleva le traversin et y découvrit un mouchoir.

– Ne trouvez-vous pas que la vaisselle dans l'évier sente le thé ? lança-t-il en revenant dans la pièce principale.

– Je l'avais aussi remarqué hier après-midi, lorsque je suis passée ! approuva Françoise.

– Ce détail est tout à fait captivant ! affirma alors le détective.

L'élue ne répondait pas. Elle demeurait figée à regarder l'homme qui continuait de mitrailler l'intérieur, sans comprendre son intérêt pour cette odeur de thé. L'idée la traversa qu'il avait peut-être une araignée au plafond.

– Est-ce la photo de la disparue ?

Lombric désignait à présent un cadre posé sur un buffet. Dans celui-ci, une femme autour de soixante-dix ans, le sourire accrocheur, l'œil pétillant, apparaissait dans une robe printanière.

– Oui, c'est elle, confirma Françoise. Encore charmante, n'est-ce pas ?

– En effet ! Elle ne fait pas son âge. Cette photo vous paraît récente ?

– Sans doute. Elle pose dans son jardin. Ça remonte peut-être à un ou deux ans…

Lombric acquiesça puis, après avoir effectué un tour supplémentaire de la petite maison, il demanda s'il y avait un garage ou une cave.

– Vous ne croyez pas que…

– Je ne crois rien, je cherche ! riposta l'homme.

L'élue le conduisit derrière l'habitation, là où se trouvait l'entrée de la cave.

Il n'a pas très bon caractère, ce détective ! songeait-elle. *Plutôt du genre bourru !*

Lombric actionnait la poignée et constatait que la porte ne s'ouvrait pas.

– Vous n'auriez pas une idée de l'endroit où est la clé ?

– Grenadine a toujours son trousseau sur elle, assura la maire. Peut-être les clés de la cave sont-elles avec les autres ?

– Donc, conclut Lombric maussade, pour mettre la main sur ces clés, afin d'entrer dans cette cave et vérifier que Grenadine, pour une raison x ou y, ne s'y trouve pas, il me faut retrouver la propriétaire des lieux. On tourne en rond !

Ceci déclaré, il éclata d'un rire aussi déplacé qu'inattendu.

– C'est toujours pareil au début d'une enquête : on ne sait jamais par quel bout la commencer ! Ce qui est sûr, c'est que votre amie n'est pas dans sa maison, et qu'elle n'y a plus mis les pieds depuis hier matin. J'en veux pour preuve la présence d'un bol sentant le thé dans l'évier :

Grenadine a pris son petit-déjeuner ici, mais pas son repas de midi. C'est évident. Pour le reste... il me semble que vous devriez prévenir la police si elle ne refait pas surface d'ici ce soir. Son départ me paraît un peu précipité : elle n'a pas fermé la porte de sa maison.

– Beaucoup d'habitants du village en font de même. Surtout s'ils comptent s'absenter pour un court moment.

– Précisément, madame la maire ! Si elle prévoyait de rentrer vite chez elle, pourquoi n'est-elle pas là ? Voilà vingt-quatre heures qu'elle vous a parlé au téléphone !

Françoise ne répondit pas. Ce satané détective avait raison.

– À moins, reprit ce dernier, à moins que... notre mystérieux fantôme ait une relation dans le village ? Serait-il concevable qu'elle ait rejoint un ami au lieu de venir vous voir et qu'elle soit restée chez lui ? Négligeant de retourner chez elle ? Omettant de répondre à son portable ? Avez-vous entendu parler d'une aventure quelconque entre elle et un voisin par exemple ?

Françoise revit un instant Grenadine dans son jardin, le premier jour de son arrivée, nue comme un ver. Ce jour-là, elle avait pensé qu'elle pouvait être une femme aux mœurs libres... malgré son âge dépassant la soixantaine. La chaleur du corps ne s'éteint pas toujours avec les ans... mais le comportement de la nouvelle villageoise, plus tard, avait contredit cette première impression. Certes, elle avait fait plus ample connaissance avec un autochtone dans les mois qui avaient suivi, mais elle n'avait, semble-t-il, jamais fait d'autre rencontre.

– Grenadine vit seule la plupart du temps, dit l'élue. Elle fréquente un gars du coin depuis quelques années, André. C'est lui qui lui rend visite le soir. Il gare sa voiture juste ici.

Elle désigna un emplacement recouvert de gravillons. Lombric s'approcha et prit des photos des marques laissées par les pneus, bien visibles par endroits.

– Il a quoi comme véhicule ? Il était là hier matin ?

– Une vieille Clio… et non, vous avez raison, je ne l'ai pas vue quand je suis passée. Mais il faudrait demander au cantonnier, il est venu avant moi. Peut-être qu'il en sait davantage !

– Comment s'appelle-t-il ?

– Antoine.

– Bien, j'irai sûrement lui rendre une petite visite. Vous m'accompagnerez ?

– Naturellement !

– Et le monsieur qui… a les faveurs de Grenadine ? L'avez-vous croisé ? Ce qui m'étonne, voyez-vous, c'est qu'il ne se soit pas manifesté ! Dans l'hypothèse où il est venu hier soir pour retrouver sa bien-aimée, il a certainement constaté qu'elle s'était envolée ! Ça aurait pu l'inquiéter, vous ne croyez pas ?

Françoise resta sans voix. À la fois embarrassée par le ton ironique qu'employait son interlocuteur et par la rapidité de sa déduction.

Tiens ! C'est vrai ! Si le vieil André est passé hier, pourquoi n'a-t-il pas signalé l'absence de Grenadine ? Je n'y comprends rien !

– Peut-être ne devaient-ils pas se voir ce mardi soir ? hasarda madame la maire.

– Peut-être ! Mais mon métier n'aime pas les « peut-être » ! Or, dans votre histoire, il y en a beaucoup !

Le téléphone de l'élue sonna à ce moment précis. C'était le cantonnier. Elle rejeta l'appel une première fois, mais le nom de l'employé municipal s'afficha à nouveau dans les secondes qui suivirent.

– Répondez madame ! Et mettez le haut-parleur ! ordonna Lombric.

Elle s'exécuta sans broncher.

– Allo ? dit-elle.

La voix d'Antoine tremblait de peur. Il bafouillait, tantôt voulant crier, tantôt râlant, les cordes vocales comme éteintes par l'émotion.

– Françoise, je suis au lavoir de Laumière-basse. Je venais le nettoyer, comme chaque semaine... il y avait des corbeaux de partout... je les ai entendus de loin... ils gueulaient... j'me suis approché... et là, j'l'ai vue... la face dans l'eau... du sang dans les cheveux... elle est morte, Françoise ! Tu dois prévenir la police ! C'est Grenadine... on l'a assassinée ! C'est plein de sang tout autour !

5

Pas de vacances pour Lombric

– On y va ! Vite ! s'exclama Lombric. Conduisez ! Je téléphone à la police.

Les deux protagonistes se ruèrent dans la Peugeot de madame la maire. L'élue obéit, comme hypnotisée, démarrant sans réfléchir et prenant la direction du lieu du drame. Le détective composa le 17 et tomba sur la gendarmerie de Gramat.

– Comment s'appelle le lavoir, déjà ? demanda Lombric.

– Laumière-basse.

L'enquêteur répéta l'information au fonctionnaire qui avait noté son nom, sa profession et sa localisation. Puis il raccrocha et se concentra sur la route. C'était une départementale étroite qui cheminait entre les bois et les prés. Ils étaient à peine sortis de Prayrac et Lombric eut l'impression de se trouver au bout du monde. Une brume épaisse plongeait le paysage dans la désolation et le mystère.

– C'est loin ? demanda-t-il.

– Environ quatre ou cinq kilomètres.

Le détective remarqua que Françoise transpirait fortement et parlait le souffle court. *Évidemment, on serait stressé pour moins que ça !* pensa-t-il.

– Ce n'est pas possible ! Ce n'est pas possible ! répétait la conductrice en boucle. Pas chez nous ! Pas ici !

Ils arrivèrent bientôt. Le lavoir se trouvait au bout d'une côte qui longeait la forêt. Antoine, debout près de sa camionnette de fonction, fit soudainement irruption du brouillard, comme une ombre étrange. Il faisait de grands gestes.

– Arrêtez-vous un peu avant, intima Lombric.

Il descendit le premier et se mit à vociférer en direction du cantonnier.

– Sortez de là, imbécile ! Vous voulez effacer toutes les traces ?

L'autre s'exécuta, mais seulement quand Françoise lui fit signe de s'écarter. Il lorgna l'enquêteur d'un air mauvais.

– Quelles traces ? lui lança-t-il.

– Toutes ! riposta Lombric. Les pneus, les pas… on ne sait jamais !

Le détective regardait le cadavre de Grenadine dans le lavoir. Ce dernier, d'environ quatre mètres sur deux, était alimenté par une faible source qui coulait au-dessus. Son eau s'échappait ensuite par un système de trop plein, pour rejoindre un abreuvoir, un peu plus bas. Le liquide était de couleur rouge dans les deux bassins.

Antoine avait dit vrai : la face de la défunte était plongée dans l'eau. On percevait seulement une partie de son crâne mélangée à des cheveux poisseux de sang.

Avant de s'avancer, Lombric mitrailla toute la zone. Puis, une fois qu'il eut photographié les empreintes dans la boue, il demanda au cantonnier de lui montrer le dessous de ses bottes.

L'employé municipal était fort agité depuis l'arrivée de la maire et de son acolyte. Son visage était animé de grimaces spasmodiques lui déformant la bouche. Lorsque Lombric lui intima cet ordre, il se troubla davantage.

– Hé ! Doucement ! protesta-t-il en reculant. Je n'ai rien fait !

– Qui vous accuse ? lui répliqua l'enquêteur. Nous avons seulement besoin de la photographie des empreintes de vos chaussures.

Le cantonnier s'exécuta en maugréant. Puis, alors que Lombric prenait des clichés du dessin des pneus de la camionnette, l'employé revint à la charge :

– Mais qui êtes-vous, d'abord, pour fouiller partout comme une fouine ?

– Calme-toi, Antoine ! intervint Françoise. Il est détective et il m'aide dans cette affaire.

C'était la première fois que l'élue officialisait le rôle de Lombric ; ce dernier lui adressa un hochement de tête en guise de remerciement.

Puis il entreprit de placer des planches qui se trouvaient à l'arrière de la camionnette tout autour du lavoir, en appui sur des pierres, afin de pouvoir y accéder sans avoir à marcher dans la boue autour. Ce qu'il fit à quatre pattes, en faisant preuve d'un équilibre peu sûr.

Il avança ensuite sur le rebord mousseux et glissant du réservoir. Ce n'était pas chose aisée, et madame la maire crut un instant qu'il allait tomber dans l'eau avec Grenadine.

Mais l'homme corpulent parvint à s'accroupir et à prendre des photos de la victime en gros plan.

Une voiture de gendarmerie arriva à cet instant, perçant le brouillard. Deux fonctionnaires en émergèrent. Le premier frissonna, remonta son col, jeta un œil autour de lui puis demanda au détective de reculer.

– Qui êtes-vous, un journaliste ? lui lança-t-il avec mépris.

Lombric sortit alors sa carte professionnelle et l'agent le toisa autrement.

– Ne gênez pas l'enquête, lui ordonna-t-il, vous n'êtes pas prioritaire sur nous !

Puis, s'adressant à son collègue :

– Pat, on met la Rubalise, il y a trop de monde ici ! Et vire-moi ces planches !

Les gendarmes constituèrent le périmètre autour de la scène du crime tandis que Lombric soufflait à la maire :

– Excusez-moi si je vous ai bousculée tout à l'heure… mais je voulais arriver sur place avant eux !

Françoise fit signe qu'elle comprenait puis elle s'approcha des deux agents des forces de l'ordre. Elle désirait savoir si le procureur avait été prévenu.

Pendant ce temps, Lombric interpela Antoine. Celui-ci demeurait toujours très agité.

– Dites, fit-il, vous vous promenez souvent dans ce coin ?

– Pas vraiment. Je vérifie que les feuilles et les branches ne bouchent pas l'arrivée de la fontaine une fois par semaine. Et puis quand c'est la période des champignons… mais cette année, je n'y suis pas encore allé. Personne ne passe plus par ici. Les fermes au-dessus sont abandonnées.

Il désignait des bâtiments un peu plus hauts, visibles au-delà des cimes des arbres.

– Depuis longtemps ?

Lombric le faisait parler pour cerner sa personnalité. Sa réaction de panique l'intriguait.

– Oh ! Oui ! Depuis qu'on fait plus le tabac, dans la région. Ça remonte peut-être au début des années quatre-vingt… quand la concurrence a commencé.

– Quelle concurrence ?

– Internationale… les autres pays produisaient moins cher alors…

L'ambulance du SAMU s'était pointée. Un médecin procédait aux premières constatations.

– Sacré coup sur la cloche ! l'entendit jurer Lombric. Ça a dû suffire pour la tuer !

Puis ils se mirent à quatre, avec les gendarmes, pour tirer le corps dégoulinant du lavoir. La tête et les membres pendaient comme des algues.

– Pas légère la garce ! pestait encore le docteur. Et ça glisse en plus !

Lombric s'approcha et demanda :

– On l'a frappée avec quoi, d'après vous ? Avez-vous trouvé des clés sur elle ?

– Vous permettez ? répliqua un des gendarmes qui s'essoufflait dans l'effort. On est occupé !

Mais Lombric n'avait pas besoin de réponse. Il observait à nouveau ce qu'il avait déjà vu auparavant : des traces d'écorce, ou de morceaux de bois, mélangés au sang ou incrustés dans le cuir chevelu.

Au moment précis où les quatre posaient le corps sur la route, à mi-chemin de l'ambulance, pour reprendre des forces, un tracteur déboucha sur la scène. Le conducteur, un homme d'âge moyen à la casquette mal ajustée, dut stopper son véhicule, bloqué par la manœuvre. Il se mit à gueuler :

– Hé ! Je dois passer… les vaches n'attendent pas !

Puis, descendant de la cabine, il aperçut les uniformes et il devint aussitôt plus sage. Il coupa le moteur de son engin.

– Qu'est-ce qu'il y a ? interrogea-t-il à la cantonade.

– Grenadine est morte.

Le paysan resta interloqué.

– Grenadine ?

Il ne la connaissait visiblement pas.

– Vous n'êtes pas du village ? fit Lombric.

– Non. Ma ferme est du côté du Bouyou.

– C'est loin ? Que faites-vous ici ?

– Je pense que ça ne vous regarde pas !

Le nouveau venu ralluma une roulée à moitié fumée et rejoignit son véhicule. Comme les gendarmes et le SAMU avaient réussi à porter le corps jusqu'à l'ambulance, la route se trouvait dégagée. Le tracteur avança. En passant devant Lombric, le paysan lui jeta un œil noir.

– Bon, ben j'y vais aussi ! annonça Antoine.

Le cantonnier démarra la camionnette de la mairie et prit la direction de Prayrac.

L'ambulance en fit bientôt de même.

Françoise observait les policiers qui allumaient à leur tour une cigarette.

– Vous restez là ? leur demanda l'élue.

– On attend les collègues de la scientifique. Ils vont faire les relevés et tutti quanti.

Madame la maire interrogea Lombric du regard. Il était silencieux, examinant la forêt. Il fit quelques pas dans un chemin escarpé, entrant dans la brume au loin, et disparut quelques instants derrière les arbres. Il revint en remontant sa braguette.

– Il y a des champignons, par ici ? demanda-t-il brusquement. Le sous-bois ressemble à celui que l'on peut trouver dans les Pyrénées…

Il n'attendait pas de réponse. À peine sa phrase terminée, il retourna dans la voiture de Françoise et prit place côté passager. La conductrice s'installa alors au volant et démarra.

– Où allons-nous ? s'enquit-elle.

– À l'auberge, bâilla Lombric. Il me faut un café ! Je viens de comprendre que mes vacances étaient fichues.

Dans la forêt, tout autour, les corbeaux croassaient de plus belle, comme pour se moquer de lui.

6

Interrogatoires

– Cette affaire me trouble beaucoup ! déclara Lombric à Françoise et aux patrons de l'auberge, tous installés près d'un poêle avec une boisson chaude pour se réchauffer les paumes des mains. Pour commencer, je voudrais savoir si les voisins de la victime n'ont pas été témoins de quelque chose. Même un évènement infime, apparemment normal, comme un bruit ou la visite de quelqu'un, pourrait avoir une signification.

Le détective trempait un croissant au beurre dans son bol de café. Cela faisait des taches de graisse à la surface du liquide noir.

– Les voisins ? reprit Daniel. C'est qu'à cette époque de l'année, il n'y en a pas !

– Vous êtes sûrs ? lança Lombric en fixant madame la maire pour confirmation. J'ai pourtant repéré des habitations à côté de celle de la victime…

– Des maisons secondaires, expliqua Daniel. Pas vrai, Louise ? Des Marseillais et des gens du Nord. Ils ne viennent que pour les vacances.

– C'est bien ça, dit la patronne. Les premiers pointent le bout de leur nez au printemps, comme les animaux qui hibernent. Les autres déboulent en été, avec leurs mioches et leurs grands-parents. Même que Grenadine se plaignait tout le temps du bruit !

– Donc, en cette période de l'année, elle vivait seule ? demanda Lombric.

– Mis à part le soir, bien sûr ! André débarquait presque chaque jour !

– Ah ! Oui ! Il y a le petit copain... s'exclama Lombric. Je l'avais oublié, celui-là ! Vous pourriez lui dire que j'aimerais le rencontrer ? Je commencerais bien mes interrogatoires avec lui !

– Rien de plus simple, fit la maire. Je file chez lui et je vous le ramène.

– Un instant ! intervint Lombric. Hier matin, peu après onze heures, quand vous vous êtes rendue chez la victime, avez-vous croisé du monde ?

– Vers onze heures, oui. Je me souviens d'avoir parlé à quelques personnes, en effet. Je leur ai demandé s'ils n'avaient pas vu Grenadine sur leur chemin.

– Intéressant, intéressant ! se réjouit Lombric. Qui y avait-il ?

– Une nouvelle venue dans le village, très polie, qui promenait un gros chien ; Ludovic, agriculteur producteur de lait, de mauvaise humeur ; la postière dans sa fourgonnette, souriante, et Claude, mon premier adjoint.

– Bon ! Je veux aussi leur parler. Même s'ils n'ont sûrement pas joué un rôle dans ce crime. Mais on ne sait jamais, il vaut mieux être prudent !

– Pourquoi les innocentez-vous si vite ? s'étonna Louise.

– À cause de l'heure, expliqua le détective. Antoine était chez la victime à dix heures trente, à la demande de madame la maire, ici présente. Or, il n'a rien vu. Ou n'a rien dit. Il prétend que Grenadine n'était déjà plus là. Donc, il me surprendrait fort que les personnes aperçues plus d'une demi-heure après aient un lien avec ce drame.

– Et si Antoine mentait ?

Daniel venait de poser la question qui fâche. Françoise se tourna vers lui l'air contrarié.

– Oui, peut-être… murmura Lombric. Son attitude au lavoir m'a paru très étrange !

– Il était sous le choc, voyons ! plaida la maire.

– Bien sûr, bien sûr… concéda l'enquêteur, mystérieux. Comme nous tous ! En tout cas, il me faut aussi m'entretenir avec lui. Ce sera mon second interrogatoire.

Madame la maire sortit peu après pour prévenir les personnes convoquées par le détective. Cinq minutes plus tard, Marinette faisait son entrée.

– Bonjour tout le monde ! lança-t-elle. La pluie a cessé, enfin !

Les patrons de l'auberge lui servirent son habituelle noisette et lui racontèrent la découverte du corps de Grenadine. La nonagénaire fut ébranlée par l'histoire.

– Mourir si jeune ! Est-ce possible ? geignit-elle.

– Elle avait tout de même soixante-quinze ans ! fit remarquer Lombric.

– C'est bien ce que je dis : c'est trop jeune !

Lombric sourit aimablement à la boutade de la vieille dame. Il l'invita d'un geste à prendre place auprès du poêle, à côté de lui.

– Vous la connaissiez bien, Grenadine ? demanda-t-il en articulant du mieux qu'il pouvait.

– Oh ! répondit Marinette, ce n'est pas la peine de me parler comme à une enfant ! Tous ces jeunes qui croient que je suis sourdingue ! Ça me fatigue tant ! C'est comme mon infirmière : je la vois tous les jours depuis quinze ans ! Et elle continue de s'adresser à moi comme si j'étais simplette !

– Veuillez me pardonner… commença Lombric.

– Or, je ne suis pas simplette ! J'entends tout, je comprends tout, je distingue tout ! Il ne faut pas se fier à mon âge avancé !

– Je…

– Et maintenant, si vous changez de ton, j'accepte de répondre à votre question : non, je ne la connaissais pas bien. Quand je la croisais, elle faisait la gentille, ça, on ne peut pas dire. Mais on n'était pas du même bord, toutes les deux. Moi j'ouvre l'église tous les matins, de mai à octobre. Puis je la ferme, toujours à 17 heures. Eh bien ! Je ne l'ai jamais vue pénétrer dans la maison de Dieu, votre Grenadine ! Je pense qu'elle n'était pas croyante. Ce que je peux admettre, naturellement, même si c'est une grave erreur.

– Vous ne l'avez pas tuée pour autant, je suppose ? la taquina le détective.

– Hé ! Vous avez le sens de l'humour !

– Je vous remercie. Est-ce que, par hasard, vous l'auriez aperçue hier matin dans le bourg ?

– Hier ? Non, monsieur. Monsieur ?

– Lombric, détective.

– Non, monsieur Lombric détective ! En sortant de chez moi, j'ai salué notre photographe qui entrait dans son studio. Puis j'ai rejoint le bar.

– Il était quelle heure ?

– Laurence ouvre à dix heures ; elle vous le confirmera.

– Très bien, j'irai lui parler.

– En revanche, le samedi, j'ai croisé monsieur Tabac. C'était la veille de son décès. Il rentrait de la pétanque. Et moi, je vous le dis, faites-en ce que vous voudrez, mais je vous le dis : il pétait la forme le bonhomme ! Qu'on ne vienne pas me raconter qu'il est mort tout seul, quelques heures après. Parce que des morts, monsieur, à mon âge, j'en ai vu, vous pouvez me croire. Enfin, des moribonds, je veux dire. Eh bien ! Ils n'avaient pas la figure de monsieur Tabac ce samedi. Parole de Marinette !

– Est-ce que vous insinuez que…

– Que j'ai été très surprise ! Et je ne suis pas la seule, pas vrai ?

Daniel et Louise approuvèrent ostensiblement.

– Très bien ! Je note, fit Lombric. Mais je ne peux pas enquêter sur tout ! Le médecin a sûrement dû délivrer un certificat de décès. Et s'il n'a pas ordonné d'autopsie, c'est qu'il n'a rien remarqué d'anormal… contrairement à la mort de Grenadine, qui constitue un crime de toute évidence. Elle a été assommée par-derrière, sans doute avec un gourdin.

Le détective fit une pause pendant laquelle il dégusta deux gorgées de café tout en observant ses interlocuteurs. Puis, s'adressant à nouveau à Marinette, il reprit :

– Pour en revenir à hier matin, vous n'avez croisé personne d'autre en venant ici ?

– Personne ! affirma Marinette. Je suis entrée, j'ai salué les patrons, j'ai commandé une noisette, et puis madame la maire est arrivée sur le coup des dix heures…

– Quelques minutes après, rectifia Louise. Les dix coups avaient sonné depuis un moment à l'église. Mettons vers dix heures et quart.

La porte de l'auberge s'ouvrit à ce moment. Françoise et le petit ami de Grenadine pénétrèrent dans la salle.

Ce dernier était un vieux charmant à la mine chafouine et à l'air vif. Peu grand, bien mis, les cheveux arrangés, le visage ridé, mais encore beau. C'était un de ces hommes qui, passés les soixante-dix ans, ne se laissent pas aller, assument leur âge avec toujours, ancrée en eux, l'envie de plaire. Sans doute un ancien séducteur qui refusait de voir s'évanouir ses capacités de charmer les femmes.

– Asseyez-vous, dit aimablement le Pyrénéen. Je suis Samuel Lombric, détective, et madame la maire m'a chargé d'une enquête discrète sur le meurtre de Grenadine.

– Je m'appelle André, prononça le nouveau venu.

Il s'installa à côté de Françoise, des patrons et de Marinette. Tous faisaient face à Lombric et arboraient une mine soucieuse. Celui-ci entra dans le vif du sujet sans tarder.

– André, permettez-moi tout d'abord de vous présenter toutes mes condoléances. Vous étiez proche de la victime et vous êtes le premier impacté par sa disparition brutale. Aussi, si vous préférez remettre cette discussion, je le comprendrai parfaitement et je…

– Non merci, le coupa-t-il, ça va. Allez-y, je vous écoute…

– Bien, comme vous voudrez. Que faites-vous dans la vie, André ? interrogea Lombric.

– Je suis maître-cochon, depuis toujours.

Le Pyrénéen plissa les yeux, intrigué. Il comprenait mal ce qui se cachait derrière l'expression « maître-cochon ».

– J'apprends aux cochons à trouver des truffes, précisa André, qui avait noté l'hésitation sur le visage de Lombric. Je travaille dans la truffière que mes parents m'ont léguée. C'est ma passion, la truffe. Ici, dans le Quercy, elle est noire, monsieur, son parfum est unique !

– Vous gagnez votre vie en vendant des truffes ? demanda Lombric incrédule.

– À deux mille euros le kilo, il peut ! intervint Daniel. Une truffière, c'est une mine d'or !

Lombric connaissait peu ce milieu et il avait l'intuition qu'il était inutile de rentrer dans les détails pour éclairer l'affaire qui l'occupait. Aussi passa-t-il à la question qui le préoccupait le plus.

– Alliez-vous tous les soirs visiter la défunte ?

– Pour sûr ! affirma André avec fierté.

– Donc, vous étiez sur place hier matin, quand elle a téléphoné à Françoise ?

– Non, désolé.

– Et pourquoi ?

– Je suis parti très tôt, vers six heures, pour aller chasser.

– Seul ?

– Non, avec d'autres chasseurs du village.

– Et vous êtes rentrés vers quelle heure ?

– Chez moi ou chez Grenadine ?

– Chez Grenadine…

– Je ne suis pas retourné chez elle. On s'était disputé avant mon départ et… je… enfin, je suis revenu chez moi directement, vers seize heures.

– Seul ?

– Oui, j'étais fatigué. Je me suis jeté dans le canapé jusqu'au soir.

– Et à ce moment-là, vous n'avez pas tenté de joindre Grenadine ? Ou d'aller la voir ?

– Je vous l'ai dit : on s'était disputé. Je n'avais pas l'intention de lui parler ou de me rendre chez elle hier soir.

– Peut-on savoir sur quel sujet a porté votre… différend ?

– C'est intime, monsieur le détective.

– Je vois… je peux donc en conclure qu'il n'était pas question de madame la maire, qu'elle voulait rencontrer dans la matinée, ou de monsieur Tabac, qui est décédé dimanche…

– Non ! Absolument pas !

– Et ce matin ? Vous êtes passé à sa maison ?

– Non, je me suis rendu très tôt à la truffière. Ce sont les gendarmes qui sont venus m'annoncer la nouvelle de sa mort il y a une heure. Je leur ai déjà raconté tout ça, d'ailleurs.

– Y compris la dispute ?

– Oui, bien sûr ! Je n'ai rien à cacher.

– Je n'en doute pas ! A priori, je ne suspecte personne en particulier. J'écoute, j'observe. Cependant, je peux vous assurer que vous vous trouvez certainement en bonne position sur les tablettes de mes confrères les policiers.

André jeta un œil noir à son interlocuteur. Son expression de visage, qui était demeurée jusque-là plutôt neutre, changea du tout au tout.

– Et pourquoi donc, je vous prie ? Faudrait pas confondre ! Je suis victime, pas coupable. Je viens de perdre ma petite amie !

– Excusez-moi, je ne voulais pas vous accuser ! se reprit Lombric. Mais vous avez dû noter qu'on parle beaucoup de féminicide dans les médias, non ? Je crois que d'après les derniers chiffres, une femme meurt tous les deux jours sous les coups de son mari ou de son conjoint. Et dans près de la moitié des cas, c'est consécutif à une dispute…

– Et alors ?

– Rien ! Je constate que vous rentrez dans les statistiques, puisque vous vous étiez querellés hier matin. Et c'est à ce titre, et uniquement à ce titre, que les gendarmes vont étudier votre situation à la loupe. N'y voyez rien de personnel, surtout !

Lombric avait glissé cette remarque comme si de rien n'était, exactement comme si leur discussion avait tourné autour d'un sujet banal. Mais l'ami de Grenadine n'était pas dupe. Il comprit la manœuvre du détective.

– Eh bien ! Qu'ils m'étudient à la loupe, les flics ! Ils trouveront peut-être des morceaux de truffes sous mes ongles... je n'ai rien à cacher, je ne crains rien ! Puis-je y aller, monsieur l'inquisiteur ? Il n'est pas loin de midi et j'ai faim !

Lombric le laissa partir. Lorsqu'il se retrouva seul avec les patrons et la maire, le détective, songeur, murmura :

– Tôt ou tard, il faudra bien qu'il s'explique sur le motif de leur dispute...

7

Le témoignage du cantonnier

– Je vous invite à manger ?

Françoise avait lancé cette proposition à Lombric et celui-ci avait accepté de bon cœur. Tous deux se trouvaient à présent dans la demeure quercynoise de madame la maire. Il s'agissait d'une bâtisse construite en 1812, en vieilles pierres, au toit rouge très pentu. L'aile droite de la maison présentait un pigeonnier en forme de tourelle, incorporé au bâtiment, comme Lombric en avait déjà observé quelques-uns dans la région. D'un effet moyenâgeux très marqué.

Les pièces à l'intérieur, soignées et décorées avec goût, proposaient des poutres apparentes en chêne. Un poêle à granulés ronflait doucement dans un coin.

Françoise servit un foie gras accompagné d'un vin blanc local, une salade et des cuisses de poulet fermier, du fromage de Rocamadour en dessert.

L'élue se montra aimable, mais très préoccupée par les évènements de la matinée. Au début, la conversation prit une tournure générale. L'hôtesse expliqua qu'elle vivait seule et que cela lui convenait parfaitement. Qu'elle n'avait jamais voulu se marier. Qu'elle tenait sa maison et que la santé ne lui faisait pas défaut. Puis, rapidement, passées ces banalités, elle exposa ses craintes au détective :

– Je la connaissais depuis dix ans ! monsieur Lombric. Elle était devenue une sorte de confidente ! Et une figure locale, aussi ! Elle va nous manquer ! Qui a pu faire ça, et pourquoi ? Oui, surtout pourquoi ? Une vieille dame gentille et sans défense !

– Peut-être a-t-on voulu la voler ? suggéra Lombric.

– La voler ? Elle ne possédait aucune richesse, voyons ! Elle payait son loyer à monsieur Tabac et puis il lui restait de quoi vivoter jusqu'à la fin du mois. Elle avait ses poules, ses légumes. Elle faisait du troc avec les agriculteurs locaux. Tiens ! Je sais qu'elle échangeait ses œufs contre le lait des vaches de Ludovic, par exemple.

– Ludovic ? Celui que vous avez croisé hier matin, n'est-ce pas ?

– Lui-même ! Il était un peu… renfrogné, d'ailleurs. Mais c'est souvent le cas ; il ne faudrait pas en tirer de conséquences hâtives. Il m'a dit qu'il n'avait pas vu Grenadine.

– Personne ne l'a vue ! C'est bien le problème ! Certaines personnes mentent ! À moins que votre Grenadine ait eu le don d'invisibilité ? Ou encore qu'elle se soit téléportée jusqu'au lavoir ?

– Oh ! Monsieur le détective ! Ne plaisantez pas avec les morts ! Nous allons sûrement entendre des témoignages plus concrets. Tenez ! Voilà justement Antoine !

La figure du cantonnier venait de passer devant les carreaux de la fenêtre du salon. Quelques instants plus tard, il avait pris place dans un fauteuil auprès de Lombric et de la septuagénaire.

Antoine se trouvait proche de la retraite. De type andalou, encore sportif pour son âge, il s'empara d'un fromage de Rocamadour et le trempa dans son café, à la grande surprise de Lombric.

– Vous vouliez me voir ? dit l'employé municipal. Je serais venu plus tôt, mais j'étais avec les gendarmes. Ils m'ont pas mal questionné. Et vous, vous êtes détective, c'est ça ?

– Oui, répondit Lombric. Je suis tombé en panne non loin du village. J'ai eu la chance de rencontrer madame la maire à ce moment-là. Elle m'a conduit à l'auberge et m'a proposé de mener des investigations discrètes de mon côté.

– Ce n'est pas plus mal ! affirma le cantonnier. Deux enquêtes, c'est deux fois plus de possibilités de mettre la main sur le taré qui a fait ça !

– Puissiez-vous dire vrai ! Nous pouvons commencer ?

– Je vous écoute…

– Très bien ! Hier matin, à quelle heure avez-vous pris votre service ?

– Huit heures, comme tous les jours.

– Et à quelle heure madame la maire vous a-t-elle demandé de vous rendre chez Grenadine ?

– Dix heures trente. Les cloches sonnaient la demie quand je montais dans la camionnette.

– Exact, je m'en souviens ! confirma Françoise.

– Bon ! fit Lombric. Et dans l'intervalle, je veux dire entre huit heures et ce moment-là, où étiez-vous ?

– Au cimetière.

– Au cimetière ?

– Mais pas dans un cercueil ! fit Antoine riant de toutes ses dents, fier de son bon mot. Non ! Je nettoyais les tombes. C'est bientôt le premier novembre… la fête des Morts, vous comprenez ? Je m'assurais que tout était en ordre pour accueillir les visiteurs.

– Avez-vous vu du monde ?

– Je ne me souviens pas. J'ai jeté les pots cassés, les fleurs abîmées, puis, vers dix heures et quart, comme tous les matins, j'ai rejoint la mairie. J'ai l'habitude de boire un café avec Françoise. Si elle a des consignes à me donner, elle le fait à ce moment-là.

– Et ensuite ?

– Eh bien ! Je venais tout juste de garer ma camionnette quand madame la maire est arrivée de l'auberge. Elle m'a tout de suite parlé de Grenadine. C'est là qu'elle m'a demandé de me rendre chez elle pour lui faire une commission.

– Que deviez-vous lui dire ?

– Qu'elle pouvait s'amener pour rencontrer Françoise.

– Mais vous, madame, s'étonna alors Lombric, qui se tourna vers l'élue, pourquoi n'avez-vous pas songé à vous rendre chez la défunte à ce moment-là ?

– Vous avez raison ! Mille fois raison ! C'est ce que j'aurais dû faire ! geignit l'hôtesse. Bien avant ! Dès son coup de fil, j'aurais pu aller à sa rencontre ! Je ne sais pas ce qui m'a pris… j'ai vaqué à mes occupations du matin et… mon Dieu ! Comment est-ce possible ? Notre discussion m'est complètement sortie de la tête ! Par la suite, je me suis promenée jusqu'à l'ancien presbytère pour prendre l'air, puis je suis entrée chez Daniel et Louise. Et c'est à ce moment que l'un deux, ou bien Marinette qui se trouvait aussi sur place, a fait allusion à Grenadine… je ne sais plus à quel propos. Et son appel m'est revenu en tête subitement.

– Cela n'a rien d'étonnant ! la rassura le détective, bienveillant. Rien ne pouvait vous faire songer à un crime hier matin. Je trouve très naturel que, tout occupée à vos obligations municipales, vous ayez effacé cette discussion de votre mémoire durant quelques minutes. Vous étiez dans les bâtiments de la mairie, Grenadine devait venir, que pouviez-vous faire de plus ?

La maire le remercia et lui resservit du café. Puis, Lombric reprit son interrogatoire.

– Donc, fit-il en s'adressant à Antoine, lorsque vous êtes arrivés chez Grenadine, vous avez constaté qu'elle était absente ?

– Oui, monsieur. J'ai fait le tour du jardin, puis j'ai tambouriné à la porte. J'ai appelé. Personne n'a répondu.

– Vous n'êtes pas entré chez elle ?

– J'aurais dû ?

– Pas forcément…

– J'ai attendu un moment, puis j'ai rappelé Françoise. C'est tout.

– Sa voiture était là, n'est-ce pas ?

– En effet.

– Et celle d'André, son ami ?

– Non.

– Est-ce que, par hasard, vous auriez touché le capot ? Constaté s'il était chaud ?

– Non, monsieur, désolé.

– Bon ! Et auriez-vous regardé les traces de pneus ? Étaient-elles fraîches ?

– Je ne saurais vous dire ! Pourquoi aurais-je fait attention à ces détails ?

Le cantonnier fixait Lombric en se demandant s'il avait toute sa tête.

– Pour rien, pour rien… soupira l'enquêteur. Et après, qu'avez-vous fait ?

– J'ai taillé des haies autour du stade. Le chemin de La Borie. On l'appelle comme ça parce qu'il mène à la ferme de La Borie. Ça m'a pris le reste de la matinée. Un peu avant midi, Françoise m'a recontacté pour me dire qu'elle se trouvait à son tour chez Grenadine. Et que celle-ci n'était pas revenue.

– Et vous, madame la maire, à ce moment-là, êtes-vous entrée dans la maison de Grenadine ?

– Non ; j'ai préféré essayer de la joindre au téléphone. Comme elle ne me répondait pas, j'ai laissé un message.

– D'accord ! dit Lombric. Donc, je résume : vous êtes tous les deux allés manger chez vous, puis, l'après-midi, vous avez repris vos occupations, n'est-ce pas ?

– C'est ça ! approuva Antoine. Je suis retourné au stade pour tondre la pelouse.

– Et moi, ajouta Françoise, j'ai travaillé avec des architectes jusqu'à seize heures environ. Puis j'ai laissé un nouveau message sur le répondeur de Grenadine, j'ai rappelé Antoine qui n'avait pas plus de nouvelles, et je me suis rendue une deuxième fois chez la défunte. Cette fois-ci, je suis entrée… la porte n'était pas fermée… je me suis dit qu'elle aurait pu avoir un malaise…

– Il n'y avait rien d'anormal ? la pressa Lombric.

– Je n'ai rien remarqué… désolée… rien du tout ! C'était comme si elle venait juste de sortir.

– Et ensuite ?

– J'ai repris des nouvelles auprès de Daniel et Louise, à l'auberge. Ils ne savaient rien. Puis j'ai appelé Frédérique, c'est une jeune élue au conseil, elle connaît pas mal de monde… mais elle non plus n'avait rien à m'apprendre. Dépitée, je suis allée à mon rendez-vous à Gramat. Et c'est en revenant que je vous ai trouvé sur la route…

– Oui, bien sûr… fit Lombric. Et vous, Antoine, vous n'avez rien remarqué d'autre jusqu'à la fin de votre journée ?

– Non, monsieur ! Il ne faisait pas beau. À cinq heures, je n'ai pas demandé mon reste ; je suis rentré chez moi. Les rues du village étaient désertes.

– Et c'est donc ce matin, en rejoignant le lavoir de Lumière-basse, que…

– Laumière, monsieur Lombric, coupa Françoise. Laumière-basse.

– Oui, pardon. Je disais, Antoine, que vous aviez découvert le corps de Grenadine ce matin. Il était quelle heure ?

– Environ dix heures…

– C'est ça ; vous avez téléphoné alors que nous nous trouvions chez la victime. Avez-vous remarqué quelque chose sur les lieux du crime, quand vous étiez seul ?

– Écoutez, c'est difficile à dire, hésita le cantonnier. Il y avait beaucoup de brume. Et des corbeaux qui croassaient sans cesse. Mais je crois que…

Il s'interrompit, comme frappé d'un doute.

– Non ! Je ne suis vraiment pas sûr !

– Pas sûr de quoi ? Dites toujours… dans une enquête, on ne sait jamais !

– C'est que… je suis arrivé en camionnette… j'ai coupé le moteur, j'ai ouvert la portière… je n'avais pas encore repéré le corps… et il m'a bien semblé… entendre un bruit de branches cassées dans la forêt.

– Un bruit… fort ? comme celui de quelqu'un qui s'enfuirait ?

– Peut-être… je ne sais pas… suffisamment fort pour que cela attire mon attention sur le moment.

– Proche ?

– Plutôt, oui…

– Vous n'avez rien vu ?

– Je vous l'ai dit : il y avait de la brume. Assez épaisse. On ne distinguait rien à dix mètres…

– D'accord ! Mais essayez de vous souvenir du mieux possible. Concentrez-vous bien. Ce bruit que vous avez perçu… est-ce que cela provenait d'un animal ? D'un être humain ? Voire de plusieurs personnes ?

– Vous en avez de bonnes, vous ! Comment identifier l'origine d'un son dans le brouillard ? Il n'y a pas eu de voix… cela aurait pu être un chevreuil, un sanglier ou un homme. Je ne peux pas vous aider davantage !

8

Lombric se promène

Qui a tué la vieille Grenadine ? Et pourquoi ?

Lombric avait décliné la dégustation de l'eau de vie de prune de Françoise. Il avait préféré marcher un peu dans le village. L'air était vif, mais cela stimulait sa réflexion.

Peut-être devrais-je me demander en premier lieu : pourquoi ? Bien souvent, la découverte du mobile conduit à l'assassin. Mais là... c'est une énigme ! On peut éliminer le vol et le viol. Quoique, pour le premier, on ne sait jamais. Elle avait peut-être un magot. Et pour ce qui est du viol... il existe des maniaques qui... comment les appelle-t-on, déjà ? Géronto... quelque chose, il me semble. On verra ce que dira l'autopsie...

Le détective passa devant plusieurs bâtisses en vieilles pierres dont le fronton était frappé de dates très anciennes. Il en repéra même une remontant au dix-septième siècle. Ce village possédait un véritable cachet. Les cheminées qui fument, les rues très propres, les façades soignées et ornées de vignes vierges, de rosiers et de glycines. Les pelouses des jardins bien vertes, taillées régulièrement. De-ci, de-là, un poulailler. Au loin, dans les prés, entre deux maisons, des vaches, des veaux, des moutons, des agneaux, quelques chevaux ainsi que des tracteurs qui allaient et venaient.

Quelle idée de tuer une personne âgée ici !

Lombric pensait qu'il pourrait peut-être vivre à Prayrac, lui, le Pyrénéen tant amoureux de ses montagnes. Est-ce que les lauzes des toits lui manqueraient ? Peut-être pas.

Sans doute moins de neige dans le coin. On est à quatre cents mètres d'altitude, pas à mille...

Sa promenade le mena à la sortie du village, à l'endroit où la route faisait un coude et serpentait devant un moulin. Il fit une halte face à un panneau indiquant la vente sur place de différents types de farine. Puis, il passa un petit pont enjambant une rivière au faible débit. Enfin, il déboucha sur une ferme. Un paysan s'affairait dans son tracteur, tentant d'attraper une meule de foin avec le bras mécanique.

Le détective leva la main en guise de salut. L'autre répondit poliment, mais n'arrêta pas pour autant sa tâche. Lombric dut refaire plusieurs fois le geste pour que le conducteur comprenne et qu'il stoppe son engin.

– Bonjour ! dit Lombric en s'avançant. Je cherche Ludovic.

– Vous l'avez devant vous ! répliqua l'homme.

C'était un agriculteur plutôt usé par le travail et le plein air, le visage buriné, autour de la soixantaine, peut-être plus très loin des soixante-dix.

Le détective s'excusa de le déranger dans sa tâche et lui présenta sa carte professionnelle. Dès lors, il lui parut que l'autre se tenait sur ses gardes.

– Vous êtes producteur de lait, si je ne m'abuse ? risqua Lombric en essayant de rester affable. Vous avez un troupeau important ?

– Une centaine de bêtes…

– Fort bien ! On m'a dit que la dénommée Grenadine vous proposait des œufs en échange de quelques litres… est-ce exact ?

– Tout à fait ! Une gentille femme, un peu originale. Je l'aimais bien.

– Originale ? Pourquoi ?

– Bah ! C'était une citadine, quoi. Le premier jour, elle s'est mise à poil dans son jardin ! Elle pensait que personne ne s'en rendrait compte. Plus tard, elle a eu cette aventure avec André… elle ne se cachait pas. Et puis, elle voyait souvent monsieur Tabac aussi. André était jaloux, je crois.

– Tiens ! s'étonna Lombric. Personne ne m'avait parlé de ça ! Monsieur Tabac était propriétaire de son logement, n'est-ce pas ? Il n'y avait peut-être pas matière à se montrer jaloux…

– Sans doute pas. Ce que j'en dis, moi… ils papotaient régulièrement sur le banc en pierre, près de la maison…

– Et vous, demanda Lombric désireux de recentrer la discussion, vous vous rendiez souvent chez elle ?

– Une fois par semaine. Je lui apportais deux bouteilles de lait et elle me donnait une dizaine d'œufs… c'était surtout pour l'arranger, vous savez. J'ai mes poules, moi aussi ! Mais comme elle était gentille…

– Vous passiez toujours le même jour ?

– Le mardi.

– Le mardi ! Intéressant ! Vous y étiez hier matin, peut-être ? Madame la maire m'a assuré vous avoir croisé sur la route…

– Je savais que ça allait me tomber dessus, cette histoire !

– Vous y étiez ? Vous l'avez vue ?

– Oui et non !

– Comment ça ?

L'exploitant, toujours tendu, n'avait pas décoché un sourire depuis le début de la discussion. Lombric se rappela ce que Françoise lui avait dit : *Ludovic est souvent renfrogné.* Cette mauvaise humeur avait-elle un rapport avec cette affaire ?

À présent, l'homme commençait à tourner le dos et à remonter dans son tracteur, comme pour éviter de répondre.

– Hep ! l'interpela le détective. Nous n'avons pas terminé, il me semble !

– À quoi bon ? répliqua Ludovic. Vous n'allez pas me croire et vous allez me placer en suspect numéro un…

– Rien ne vous permet de penser cela ! Racontez-moi tout !

Le paysan posa ses deux bras sur le volant et soupira. Il fixa le détective un instant, comme s'il jaugeait la dose de confiance qu'il pouvait mettre en lui.

– Bon ! lâcha-t-il enfin, j'y étais, oui. Vers onze heures.

– Pas avant ?

– Non.

– Grenadine était-elle là ?

– Non. Et c'est ce qui m'a surpris. D'habitude, elle vient à ma rencontre dès qu'elle entend le tracteur. J'ai tambouriné à la porte, mais personne n'a répondu. Alors, je suis reparti avec mon lait, comme un couillon. Ça m'a mis de méchante humeur, car hier, précisément, j'avais une matinée chargée et je me serais bien passé de ce détour inutile !

– Vous avez croisé Françoise en faisant demi-tour ?

– C'est exact. Et justement, elle cherchait Grenadine, elle aussi !

Les pensées de Lombric s'entrechoquaient. Il tentait de reproduire l'emploi du temps de plusieurs personnes en même temps. Ce n'était pas facile.

– Dites, je peux vaquer à mes occupations, maintenant ? interrogea Ludovic.

– Oui, oui ! approuva le Pyrénéen, l'air absent. Merci de votre collaboration.

Voyons voir... vers six heures, André part de chez Grenadine pour aller chasser. Ils se disputent juste avant. On ne sait pas à propos de quoi. Peu après neuf heures, Grenadine téléphone à madame Reynardeau et dit qu'elle vient pour lui parler. Nous ne savons pas de quoi. Vers dix heures trente, Antoine est chez la vieille dame. Il prétend qu'elle n'est pas là. Vers onze heures, c'est l'agriculteur Ludovic ; il constate aussi son absence. Peu après, vers onze heures quinze, c'est madame la maire en personne qui se déplace. Grenadine n'est toujours pas là.

Selon toute vraisemblance, elle a déjeuné chez elle. Du thé à la menthe. Puis elle a débarrassé la table, laissé la vaisselle dans l'évier, rangé sa chambre. Et puis... mystère ! Je donnerais cher pour savoir qui elle a vu entre neuf heures et dix heures trente !

Le détective reprit sa promenade, quittant l'exploitation de Ludovic. Il regarda sa montre : il était quinze heures. Il se dirigea vers le bourg du village, toujours tentant de reconstituer le fil des évènements de la veille.

Il n'y a pas beaucoup de possibilités. Premier cas : quelqu'un est venu entre neuf heures et dix heures trente et a tué la vieille. Par la suite, il a mis son corps dans sa voiture et l'a transporté jusqu'à l'ancien lavoir. Plausible... mais cela représente un risque énorme ! l'assassin aurait pu croiser n'importe qui. À moins de prendre les chemins de traverse... mais il suffirait que la police scientifique fouille son véhicule et elle trouverait à coup sûr des traces : cheveux, poils, bouts d'ongle, sang, et donc ADN... dans cette hypothèse, le meurtrier est un cornichon de première. S'il a fait cela, ce n'était pas prémédité. Il a tué sur le coup de la colère. Ou bien de la jalousie, peut-être ? Ou encore de la folie ? Il ne peut pas avoir planifié son crime et avoir mis le cadavre dans son coffre ! Je ne peux pas y croire !

Second cas : Grenadine prend la route de la mairie après son coup de fil à Françoise, et elle croise son meurtrier sur le chemin. Celui-ci la fait monter dans un véhicule, la conduit hors des regards, puis l'assomme et la jette dans l'eau du lavoir. Mais pourquoi Grenadine ne se serait-elle doutée de rien ? La mairie est à l'opposé du lieu de la découverte du corps ! Elle se serait débattue, aurait peut-être tenté de sauter de la voiture... d'appeler quelqu'un par téléphone... encore une fois, le risque est énorme ! Ou bien, le meurtrier l'a zigouillée avant de la mettre dans la voiture. Mais on revient au point de départ : c'est vraiment très risqué !

Troisième cas : Grenadine reçoit un appel d'une tierce personne qui la persuade de la rejoindre au lavoir pour une raison quelconque... la vieille s'y rend et on la tue sur place. Mais alors, pourquoi retrouve-t-on sa Golf devant chez elle ? La voiture n'est pas rentrée seule, que diable ! Or, le lavoir est trop loin pour y aller à pied. L'assassin aurait-il pu ramener la voiture de Grenadine devant sa maison ? Encore un bien grand risque ! Et que devient son propre véhicule ? Il le récupère plus tard ?

Tout cela est non seulement compliqué, mais en plus hasardeux dans tous les cas !

Et que penser du témoignage d'Antoine ? Ce bruit entendu dans la forêt lorsqu'il est arrivé au lavoir ce matin... fausse piste ? Élément essentiel ? La vérité, c'est que je suis complètement perdu !

Lombric débarqua en mairie sur ce constat décevant : il n'était pas encore prêt à entrevoir la clé de l'énigme.

– Je n'y comprends rien ! lâcha-t-il pour lui-même.

– Pardon ? fit mademoiselle Eugénie à l'accueil.

– Désolé, je radotais ! Est-ce que, s'il vous plaît, madame la maire est ici ?

– Non. Elle devait se rendre à la cérémonie crématoire de monsieur Tabac.

– Ah ! Oui ! C'est vrai, se rappela le détective. Et monsieur le premier adjoint ?

– Claude ? Oui, il fait de la maintenance informatique. Venez, je vous conduis.

La secrétaire le mena dans une pièce récemment rénovée et dans laquelle il y avait un ordinateur, une imprimante, un projecteur vidéo, un écran blanc au mur. L'homme qui lui tournait le dos avait les épaules voutées et les cheveux entièrement gris.

– Claude, excuse-moi, voici monsieur Lombric, le détective. Il voudrait te voir.

Le premier adjoint leur fit face. Il portait des lunettes aux verres épais et une moustache mal entretenue.

– Françoise m'a parlé de vous, dit-il d'une voix chaude. C'est très aimable de vous occuper de cette épouvantable affaire !

– De rien, c'est mon métier ! Pourrions-nous discuter un moment ?

Le Pyrénéen s'installa près du premier adjoint sans attendre sa réponse. Puis, il enchaîna :

– Voyez-vous, j'interroge les personnes que madame la maire a croisées hier matin en se rendant chez la défunte… je me dis qu'une d'entre elles a peut-être aperçu ou entendu quelque chose… est-ce votre cas ?

– Non, malheureusement.

– Vous étiez bien sur la route qui mène chez elle ?

– Oui, c'est vrai. J'avais décidé de faire un peu de course à pied.

– Est-ce une habitude ?

– Non, je l'avoue volontiers ! Les circonstances étaient… disons… particulières.

– Êtes-vous passé devant la maison de Grenadine ?

– Non, même pas. J'ai emprunté un sentier qui part vers le marais de Bonnefont.

Lombric se souvenait avoir repéré un panneau indiquant la direction de ce marais. Sur le moment, il avait été surpris de la présence d'un tel biotope sur le causse autour de Prayrac. Il avait pensé qu'il s'agissait sûrement d'un milieu aménagé par l'homme.

– Vous parlez de *circonstances particulières* ? demanda-t-il. Pourquoi ?

– Parce que j'avais le cafard depuis deux jours. J'avais appris la mort de mon vieil ami, Roger. Enfin, Monsieur Tabac, si vous préférez. Le marais… c'est un coin où je vais pour me changer les idées. C'est une jolie balade, calme. On entend les oiseaux. Nous nous y rendions quelquefois ensemble.

Jusqu'à présent, Lombric ne s'était guère intéressé au décès de monsieur Tabac. Le crime de Grenadine était déjà assez compliqué comme cela. Mais puisque l'occasion se présentait…

– Vous étiez amis, dites-vous ? Pourquoi n'êtes-vous pas à la cérémonie de cette après-midi ?

– Je crois que j'aurais eu du mal à gérer mes émotions. Et puis je préfère garder de lui l'image d'un bon vivant.

– Comme je vous comprends ! Monsieur Tabac était bien le propriétaire du logement de Grenadine, n'est-ce pas ? Savez-vous s'ils étaient intimes ?

– Intimes comment ?

Claude avait arrondi les yeux en guise de surprise.

– À vous de me dire…

– Ils se parlaient. Peut-être qu'elle a eu droit à des confidences, ou à une déclaration. Mais je ne suis pas au courant.

– Vous vous connaissiez depuis longtemps ?

– Plus de cinquante ans, monsieur ! Nous avons grandi à Prayrac. Nous avons appris le métier d'agriculteur avec nos parents. Nous avons écumé les fêtes de village. Nous avons même partagé la toute première fille !

Rien que d'en parler, de remuer les souvenirs, le premier adjoint en avait les yeux mouillés. Il regardait le passé comme on fixe un horizon inaccessible, qui va s'éteindre avec la tombée du jour.

– Et pourquoi l'appelait-on monsieur Tabac ? s'enquit Lombric.

– Oh, ça ! C'est parce qu'il a fait fortune dans le tabac. Dans les années soixante-dix, quatre-vingts.

– Mais il n'avait pas un autre nom ?

– Bien sûr que si ! Mais il le détestait ! Roger Florimont-Beuve.

Claude se mit à pleurer pour de bon, mais comme il riait en même temps, Lombric ne parvenait pas à déterminer s'il était triste ou gai.

– Il le détestait, je vous dis ! Alors, il a laissé les villageois l'appeler Tabac.

– Vous prétendez qu'il avait fait fortune ?

– Je veux ! À l'époque, on faisait le veau sous la mère, ce qui rapportait pas mal. Spécialité quercynoise, vous voyez. Race pure Limousine. La viande est de qualité supérieure, naturellement, car il n'y a pas de croisement. Enfin, je vous passe les détails. C'est déjà un sacré travail, vous savez ! Il ne faut pas laisser le veau tout le temps sous la mère, sinon c'est la mammite. Et c'est fichu. Et puis, un beau jour, y'en a qui se sont mis à faire le tabac. Alors, nous, on a suivi la mode. Tout ça parce que l'État subventionnait le séchoir à hauteur de soixante-dix pour cent ! Alors, on a foncé : on a mis plus de vingt mille pieds !

– Vingt mille !

– Oui mon bon monsieur ! Quel travail ! Binage, sulfatage manuel, pas seulement au tracteur… on a monté une coopérative pour investir dans une planteuse sur roues… puis on récoltait en famille… ah ! ça ! les belles journées en plein air ! On triait les feuilles par taille… les plus basses étaient les plus rares, car elles avaient moins de sève, alors elles séchaient mieux. On installait tout ça dans le grand hangar, en plan de pente, sur des fils. Plusieurs mois, monsieur ! On laissait aéré pour éviter l'humidité. Quel travail ! Mais après, quand on apportait nos feuilles sèches à Souillac…

– Souillac ?

– Une ville, à une bonne heure d'ici… vous voulez savoir comment ils triaient les feuilles sur place ? Ils avaient trois critères : d'abord, ils les brûlaient, à la bougie, pour apprécier la qualité de leur séchage. Puis ils les mesuraient. Enfin, ils étudiaient leur couleur. Eh bien ! Lorsque la récolte passait les trois tests, on repartait les poches bien garnies !

Lombric était ému par tous ces souvenirs qui renaissaient de la bouche de l'élu. On aurait dit que le fait de revivre ces moments, qui remontaient comme ça, dans ses phrases bancales, cela lui insufflait de l'énergie. Il s'agitait, comme mû par une vitalité nouvelle.

– Ça a duré de nombreuses années. Jusqu'à ce que la préférence nationale soit abandonnée. La concurrence internationale a tué le tabac français. Mais on a eu le temps de s'enrichir ! Moi, j'ai acheté plusieurs propriétés, dans le coin. Maintenant, je loue. Je ne me plains pas !

– Et monsieur Tabac ?

– Il a eu sa part ! Comme les autres.

– Il a investi dans l'immobilier, comme vous ?

– Non, il ne croyait pas dans la pierre.

– Qu'a-t-il fait de son magot, alors ?

– Allez savoir ! Il ne disait pas tout, le bougre ! Il était pudique ! Allez demander à son banquier, ou au notaire !

– Il a peut-être fait profiter les enfants ? Les petits-enfants ?

– Non, monsieur ! On ne lui connaissait pas de famille. Moi j'vous dis : son magot, il est encore quelque part ! Il n'aurait pas disparu comme par enchantement, tout de même !

9

Le témoignage du fou

Jeudi 27 octobre

Lombric poursuivit ses interrogatoires le lendemain. Il commença par attendre patiemment que la préposée à la distribution du courrier passe. Il guetta la voiture jaune de la poste depuis l'intérieur de l'auberge. Le véhicule apparut vers midi. Une fine et jolie factrice en sortit, souriante, se dirigeant vers la boîte aux lettres du village pour relever son contenu. Le détective se précipita vers elle avant qu'elle ne poursuive sa tournée.

La conversation n'amena rien de nouveau : la fonctionnaire avait certes croisé Françoise Reynardeau la veille, mais elle n'avait pas vu Grenadine. D'ailleurs, elle la connaissait fort mal et ne lui avait parlé que deux ou trois fois.

L'enquêteur se rendit alors à l'adresse de la dernière personne que madame la maire avait rencontrée : la promeneuse de chien. Il lui révéla que les patrons de l'auberge avaient repéré son animal, un Patou de bonne taille qui ne passait pas inaperçu, et que ces derniers avaient pu lui indiquer où elle résidait.

– Moi-même, je vis près des Pyrénées, se vanta Lombric. Et je connais un éleveur de Patous ! Ce sont de remarquables gardiens de troupeaux !

Tout en parlant, le détective caressait l'énorme tête du chien qui se laissait faire.

– Comment s'appelle le vôtre ?

– Osa, répondit la femme, une trentenaire aux yeux noirs qui vous regardaient étrangement. Et c'est une femelle.

– Osa ? Ourse, en espagnol, non ? Original ! estima Lombric.

– Merci.

– Donc, hier matin, vers onze heures, vous promeniez *Osa* devant la maison de Grenadine ?

– Oui, comme tous les jours.

– Une question me vient à l'esprit : était-ce la première promenade ou bien aviez-vous déjà sorti votre chien ? Onze heures, c'est un peu tard, non ?

– Je l'avais amené du côté du stade vers huit heures…

– À l'opposé donc ? Vous variez souvent vos trajets ?

– Toujours !

– Avez-vous remarqué quelque chose d'inhabituel pendant l'une de vos balades ? La présence d'un véhicule, d'une personne, ou encore un bruit, une odeur…

– Rien du tout ! J'ai aménagé dans le village depuis un mois, alors vous comprenez… pour moi, tout est nouveau !

Le détective remercia la jeune femme et prit congé. Il retourna à l'auberge et retrouva sur place madame la maire qui conversait avec Daniel et Louise.

– Votre enquête avance ? s'enquit l'élue.

– Non, maugréa Lombric. Il y a trop d'inconnues, encore. Je ne comprends rien à ce qu'il s'est passé. Et les témoins ne m'apportent pas grand-chose.

– Eh bien ! moi, je vous propose de fraîches nouvelles ! Du grain à moudre, du moins je l'espère !

– Vous piquez mon intérêt ; parlez vite !

– Tout d'abord, j'ai vu l'adjudant chargé de l'enquête, hier, après la cérémonie. Il m'a donné les premiers résultats de l'autopsie. Grenadine est morte consécutivement au coup reçu derrière la tête. Ce dernier a provoqué un traumatisme crânien qui a entraîné une lésion grave au cerveau avec un arrêt cardiaque immédiat.

– Donc, il n'y avait pas d'eau dans les poumons ?

– Non.

– Y a-t-il eu agression sexuelle ?

– Non ! Quelle idée !

– Avec quoi a-t-elle été frappée ?

– Certainement une bûche. Mais l'objet n'a pas été retrouvé. Ni chez elle ni près du lavoir.

– Y a-t-il des indices ?

– Des traces de pas dans la boue, autour du lavoir. Mais elles pourraient appartenir à beaucoup de monde.

– Ils n'ont rien trouvé d'autre ?

– Le chapeau de la victime, son écharpe, son manteau, au fond de l'eau du lavoir. Cela n'a sans doute pas grande importance.

– Ils se dirigent vers quelle hypothèse ?

– Peut-être un détraqué... ils cherchent. Ils sont troublés par un témoignage inattendu !

Françoise s'octroya le temps d'observer la réaction de son auditoire. Elle sirota une longue gorgée de café et fixa Lombric par-dessus les rebords de la tasse.

– Un témoignage ? Quel témoignage ?

– D'après le capitaine, à prendre avec des pincettes. En posant des questions dans les fermes voisines, ils sont tombés sur un hurluberlu assez connu par ici, un pensionnaire régulier de l'hôpital de Leyme...

– François ! s'exclama Daniel.

– Lui-même !

– Alors là... lâcha Louise.

– Attendez, expliquez-moi ! supplia le détective. Qui est François ? Quel est cet hôpital ?

– Disons, expliqua Françoise, que l'établissement est réputé pour accueillir les timbrés, ou les farfelus, si vous préférez. Quant à François, c'est un gars du coin. Pas méchant du tout. Un peu habité quand même. Il a fait quelques séjours dans ce fameux hôpital.

– Et alors ? Qu'a-t-il dit ?

– Il a prétendu qu'il se trouvait dans les bois, vers dix heures moins le quart, sur la route du lavoir. Il cherchait des girolles lorsqu'il aurait vu passer la voiture de Grenadine, conduite par elle-même.

– La vieille Golf ?

– C'est ça.

– Voilà qui est tout à fait surprenant !

– C'est pourquoi le capitaine m'a précisé qu'il ne se fiait qu'à moitié à son témoignage.

– Il a vu Grenadine au volant ? Il en est sûr ? À quelle distance se trouvait-il ? Est-ce qu'elle l'a vu aussi ? Lui a-t-elle fait un signe ?

– Doucement ! Il l'a aperçue de loin, depuis l'intérieur des bois. Lui-même était caché par la végétation.

– Quel poids peut-on accorder à sa parole ? Est-il vraiment fou, ce François ?

– C'est tout le problème. Il a sa raison par intermittence… je ne sais pas comment vous expliquer. Il est sur courant alternatif, si vous voyez ce que je veux dire.

Lombric paraissait saisi d'étonnement. Il avait penché sa tête légèrement en avant, placé son nez sur ses deux index, coincé son menton mal rasé sur ses deux pouces. Un peu comme *Le penseur* de Rodin. Lorsqu'il reprit la parole, ce fut d'un ton beaucoup plus mesuré qu'auparavant, comme s'il avait déjà intégré la nouvelle et analysé la situation.

– Cela sera bien difficile de savoir si votre François a bien vu Grenadine ou non, énonça-t-il. J'aimerais bien m'entretenir avec le docteur qui le suit à l'hôpital, et lui poser directement la question : *est-ce que vous croyez que le témoignage de votre patient puisse être crédible ?* Après tout, qui le connaît mieux que son médecin ?

– C'est très facile ! dit Françoise. Je peux vous y conduire.

– Bien volontiers ! se réjouit Lombric. Mais pas tout de suite. Il me semble que… oui… accepteriez-vous de me laisser une petite demi-heure ? Je voudrais vérifier quelques détails avant de continuer.

Madame la maire accéda à sa requête et expliqua qu'elle en profiterait pour contacter le notaire, maître Hectare, durant ce laps de temps.

Lombric rejoignit donc sa chambre et brancha son appareil-photo, un Canon Reflex hors de prix, sur son ordinateur portable. Il transféra le contenu de la carte mémoire sur le disque dur. Puis il se mit patiemment à observer les différentes images : celles des traces dans la boue, près du lavoir ou devant la maison de Grenadine, celles des pneus des véhicules… ce faisant, il hochait la tête et sifflotait un air de madame Butterfly.

– Ha ! se réjouit-il à haute voix. Il semblerait bien que… oui… peut-être… pourquoi pas ? Cela pourrait coller.

Certaines des empreintes de pneus laissées autour du lavoir et celles de la Golf de la victime étaient les mêmes. Certainement des pneus hiver vue la profondeur des rainures. Des dessins bien marqués avec des lignes centrales convergentes et parallèles facilement reconnaissables.

Il y a sans doute d'autres pneus identiques dans la région… mais il y a de bonnes chances que la voiture de Grenadine se soit trouvée sur les lieux de la découverte du corps. Ce qui, d'un côté, rend plausible le témoignage du fou. Mais, de l'autre, me complique la tâche :

pourquoi la malheureuse est-elle allée là-bas, alors qu'elle avait rendez-vous à l'opposé, dans le bourg, pour rencontrer Françoise ? Qui l'a fait changer d'avis ?

10

Visite à l'hôpital

Vers midi, Lombric commanda un sandwich aux rillettes et aux cornichons. Il emporta celui-ci, accompagné d'une bouteille d'eau gazeuse, dans la voiture de Françoise qui l'attendait devant l'auberge.

– L'hôpital est loin ? interrogea le détective en fermant la portière.

– Une vingtaine de minutes.

La Peugeot de madame la maire quitta Prayrac pour suivre une route qui grimpait à travers bois. Une pluie fine et intermittente éclaboussait doucement le pare-brise. Les essuie-glace, sans doute usés, faisaient un bruit affreux contre le verre. Durant le trajet, l'élue rapporta à son passager son entretien avec le notaire.

– Maître Hectare est formel ; il m'a d'ailleurs répété ce qu'il m'avait dit avant-hier. Monsieur Tabac laisse une succession équilibrée, mais maigre. Le seul élément important à l'actif, c'est la maison. Mais elle date, et n'a pas été rénovée. Les agents immobiliers l'évaluent à environ soixante mille euros…

– Il y a aussi le logement où vivait Grenadine, non ?

– Effectivement. C'est l'ancienne demeure des grands-parents. Monsieur Tabac en avait hérité. Un peu vieillotte, vous avez pu le constater. Pas de double vitrage, un parquet abîmé. La rénover coûterait une belle somme.

– D'accord, mais elle lui rapportait un loyer…

– … d'environ trois cent cinquante euros mensuels.

– Vous savez, tout ce que vous me racontez m'étonne. Votre premier adjoint… comment s'appelle-t-il, déjà ?

– Claude.

– C'est ça ! Eh bien, il m'a parlé de son enrichissement grâce au tabac, dans les années soixante-dix à quatre-vingts. Il m'a dit que tous ceux qui s'étaient livrés à cette culture avaient gagné beaucoup d'argent, avec l'aide de l'État.

– Oui, à coup sûr !

– Je me pose alors une question ! Pourquoi le notaire ne trouve-t-il rien d'autre dans l'héritage de monsieur Tabac ?

– Ah ! Vous me rejoignez tout à fait ! J'ai été la première surprise quand maître Hectare m'a téléphoné. Pour être franchement honnête avec vous, il est de notoriété publique, dans le village, que monsieur Tabac, à l'époque, avait ramassé une petite fortune ! Il en avait mis en terre, des plants ! Plusieurs hectares.

Les regards des deux interlocuteurs se croisèrent un moment, remplis de la même incompréhension.

– De nouveau un détail surprenant dans cette affaire ! s'exclama Lombric. Je ne crois pas aux disparitions inexpliquées, et encore moins à l'évaporation magique de l'argent. En revanche, je crois volontiers à la cupidité des hommes !

– Pourtant, le notaire…

Françoise ne continua pas sa phrase, car Lombric venait d'éternuer de façon fort incongrue, en se pinçant le nez et en retenant son souffle, comme un sac qui se vide très vite de son air.

– Il ne manquerait plus que vous preniez froid ! le taquina l'élue.

– Vous savez ce qui me plairait ? demanda lombric complètement hors de propos. C'est de visiter la maison de votre monsieur Tabac ! Histoire de jeter un œil, de me faire une idée. Vous croyez que ce serait possible ?

– C'est que… les clés sont sûrement chez le notaire. Les pompes funèbres ont dû fermer les portes et tout déposer chez lui après la levée du corps, lundi.

– Eh bien ! Qu'à cela ne tienne ! Je compte sur vous pour m'obtenir cette petite faveur de la part de maître Hectare !

Lombric avait déclamé sa phrase de telle sorte qu'elle ne souffre aucune réponse, sur un ton à la fois complice et péremptoire. Françoise demeura piquée un court instant, impuissante, les lèvres serrées. Puis, alors que la voiture pénétrait dans l'enceinte de l'hôpital, elle changea de sujet.

– Institut Camille Miret. Nous sommes arrivés !

L'hôpital de Leyme constituait une véritable petite ville. De bâtiment en bâtiment, de pancarte en pancarte, entre parkings boisés et croisements, Lombric aurait certainement erré un moment avant de trouver le service qui prenait en charge le fou de Prayrac. Madame la maire, pour sa part, semblait connaître parfaitement les lieux. Elle stationna sa Peugeot devant l'Unité cognitivo-comportementale.

Puis, les deux protagonistes pénétrèrent dans l'immeuble. Celui-ci ne paraissait pas très récent, mais son intérieur était aménagé agréablement : peintures peu vives, non agressives, tables et chaises dans la pièce principale, fauteuils sur les côtés.

Un homme en blouse blanche apparut. Il arborait le sourire distant et les certitudes bien ancrées des docteurs qui ont réussi.

– Françoise ! fit-il d'une voix enjouée. Tu ne montes pas souvent nous voir. Ça va ? Remarque, je comprends que tu préfères la verdure et la tranquillité de Prayrac à notre hôpital. Et puis, tu as l'air en pleine forme ! Je ne gagnerais pas ma vie, si j'étais ton médecin traitant !

Il faisait les questions et les réponses tout en conduisant ses visiteurs à l'intérieur de son cabinet. Il leur proposa un siège et prit place en face d'eux, derrière son bureau rempli de chemises de toutes les couleurs.

– Merci de bien vouloir nous recevoir, André. Je te présente monsieur Samuel Lombric, détective. Il souhaite te poser une ou deux questions au sujet de François.

Le psychiatre prit la peine de se relever pour serrer la main du Pyrénéen.

– François ? Quel François ?

Depuis le début de l'entretien, il ne cessait de remonter ses lunettes en les poussant de l'index droit. Ce faisant, il plissait le front et clignait des yeux.

– François Pasdeloup. Du hameau de Gontal.

– Ah ! Lui... d'accord... si vos questions concernent son dossier médical, je ne pourrai y répondre, vous le comprendrez...

– Naturellement, fit Lombric. Non, voyez-vous, ce dont j'ai besoin, c'est de votre opinion de professionnel. Vous n'ignorez pas que la dénommée Grenadine a été assassinée, je suppose ?

– Vous soupçonnez François ? Je ne le crois pas dangereux.

– Je soupçonne tout le monde, et j'élimine au fur et à mesure. Telle est ma méthode ! clama Lombric avec prétention. En ce qui concerne François, il a fourni un témoignage importantissime aux enquêteurs. Et je me demandais si on pouvait avoir foi en ses propos...

– Qu'a-t-il raconté ? s'enquit le docteur.

– Ah ! Je pourrais à mon tour vous opposer le secret de l'instruction ! murmura le détective, l'air taquin. Disons, pour faire court, qu'il assure avoir aperçu la victime en voiture le matin de sa mort. Ajoutons que, si ses propos s'avéraient exacts, cela nous fournirait un indice fort sur le lieu de son meurtre. Ajoutons encore que j'ai observé les traces des pneus relevées et que cela pourrait concorder...

– Je vois, dit le médecin. Hélas, je crains bien de ne pas pouvoir vous donner de certitudes ! Sans trop entrer dans les détails, je puis vous révéler que François souffre d'un trouble qui n'est pas constant chez lui, mais qui a vocation à le devenir avec le temps. Ce trouble a des effets incapacitants lorsqu'il se manifeste. À tel point que monsieur Pasdeloup est sur la liste d'attente de notre unité. Il se trouverait certainement mieux ici. Mais nous ne comptons que douze lits, c'est une condition pour une prise en charge humaine et efficace de nos patients, voyez-vous ?

– Quel âge a-t-il ?

– Cinquante-cinq ans.

– Cette maladie, dont il souffre, le rend-elle dangereux ?

– Du tout ! C'est un agneau. Disons que lorsqu'il déconnecte, il peut avoir des visions. Sans dévoiler le contenu de son dossier, je peux vous assurer qu'il affirme avoir déjà rencontré des célébrités décédées depuis belle lurette !

– Je comprends, intervint le détective, déçu. En résumant, on peut considérer qu'il ne ment pas, mais on ne peut pas se fier à son témoignage !

– Pour sûr, il n'est pas inscrit dans du bronze ! Vous pouvez tout de même suivre un faisceau d'indices. Je m'explique : si le dénommé François s'est souvenu de l'endroit où il se trouvait lorsqu'il prétend avoir vu Grenadine, on peut estimer qu'il était dans un état normal, et non en crise. À fortiori s'il a été capable, en outre, de vous décrire ce qu'il faisait dans ce lieu. Cela aurait tendance à prouver qu'il n'était pas déconnecté de la réalité.

– Il a dit aux gendarmes qu'il cherchait des champignons dans un bois, et il leur a montré l'emplacement où il se tenait, dit Françoise Reynardeau.

– Dans ce cas, conclut le spécialiste, les chances qu'il ait dit vrai sont réelles. Entre soixante-dix et quatre-vingts pour cent. Mais, pour ma part, je ne miserais pas une fortune dessus !

– Ce que vous nous faites comprendre, docteur, résuma Lombric, c'est que si François avait été en crise lorsqu'il croit avoir aperçu la morte, il ne pourrait pas se souvenir du contexte de sa vision. Ou bien, si je reformule, que ses attaques obèrent totalement sa conscience, l'éjectant de facto de la réalité. Que, par conséquent, s'il a évoqué un élément du réel, c'est qu'il n'était pas en crise ?

À ce moment, le spécialiste eut un regard admiratif vers Lombric, à la plus grande joie de ce dernier. Le psychiatre tint à le féliciter pour son raisonnement digne d'un praticien. Ce à quoi le détective répondit qu'il côtoyait l'âme humaine depuis de nombreuses années, et que son expérience accumulée lui avait permis de cerner plusieurs de ses aspects, y compris les plus retors ou maladifs.

Après quoi les visiteurs prirent congé du médecin de François. Lors du voyage retour, ils demeurèrent silencieux. Lombric semblait ailleurs. Il ne prit la parole qu'une seule fois. Ce fut pour dire :

– Je songe aux clés de la maison de monsieur Tabac. Vous pourriez envoyer Antoine les récupérer chez le notaire, qu'en pensez-vous ?

– Si vous voulez, dit l'élue. Je m'en occupe en rentrant.

– Et… en parlant de clés ! Serait-il possible de visiter également la cave de Grenadine ? Je ne suis pas certain d'y découvrir quelque chose, mais je n'aime pas laisser des zones d'ombre dans une enquête. Et puis, on ne sait jamais… un coup de chance… tout peut arriver si vite !

11

Chez monsieur Tabac

Monsieur Tabac habitait une ravissante maison au milieu d'un jardin arboré à la pelouse irréprochable. Au sud-ouest, son terrain, délimité par des cyprès, jouxtait un charmant petit cimetière. Dans lequel l'ancien propriétaire des lieux reposait à présent. À l'autre extrémité, un hangar très long, beaucoup plus que la majorité des granges locales, occupait l'espace. Madame Reynardeau expliqua à Lombric qu'il s'agissait du séchoir.

– Ha ! s'exclama le détective, le fameux bâtiment que l'État a subventionné en grande partie ! Peut-on le visiter ?

Il ne restait plus aucune trace, à l'intérieur, des activités d'antan. Les fils sur lesquels reposaient les feuilles de tabac, jadis occupant les parties hautes, avaient disparu. On pouvait observer un établi surmonté de quelques planches en contreplaqué. Sur celles-ci, on pouvait voir de nombreux outils rangés par utilité et par taille. Dans un coin se situait un étau. Un peu plus loin se trouvaient des pistolets à colle ou à peinture, des scies, une tronçonneuse, une visseuse, ainsi qu'un niveau, un cutter et un Karcher. Quantité d'autres ustensiles dont Lombric ignorait le nom et l'utilité.

Vers le centre de l'ancien séchoir, une tondeuse autoportée flambant neuve. Une remorque. Et une pile de pneus neige pour l'hiver. Des bidons d'essence et d'huile moteur.

Devant, un mini-tracteur 4x4, sans doute efficace pour les lourds travaux d'entretien.

Plus près de l'entrée nord, celle donnant vers la maison, deux ou trois vélos électriques et, occupant une place importante, sept ou huit stères de bois.

– Monsieur Tabac était un peu hyperactif, comme vous pouvez le constater, fit remarquer la maire. Touche-à-tout, aussi : il dépannait beaucoup de personnes dans le village.

Lombric approuva. Surtout, il lui semblait que le défunt ne raclait pas les fonds de tiroir pour boucler son budget. Il en voulait pour preuve la présence d'un équipement conséquent et sûrement onéreux bien à l'abri dans l'ancien séchoir.

Les deux visiteurs s'éloignèrent de la bâtisse pour rejoindre l'habitation. Ils empruntèrent un escalier en pierres qui menait à une véranda. Un lierre vivace empiétait à moitié sur les marches. Françoise s'empara du trousseau de clés qu'Antoine avait récupéré chez maître Hectare. Elle s'apprêtait à ouvrir la porte en verre lorsqu'elle poussa une exclamation sourde.

– Ça alors ! Regardez !

Lombric jeta un œil curieux par-dessus l'épaule de la femme. La mairessse désignait la serrure.

– Qu'est-ce que… s'interrogeait l'élue.

– On dirait qu'une personne a forcé l'entrée, constata l'enquêteur. Laissez-moi voir…

Le détective montra à son acolyte des rayures bien nettes le long du cadre en aluminium. Puis, se baissant pour mieux observer la serrure, il découvrit que cette dernière avait été trafiquée. Il actionna alors la poignée et celle-ci ne résista pas. La porte s'ouvrit.

Les deux enquêteurs pénétrèrent plus en avant, découvrant au fur et à mesure un grand désordre. Des pots de fleurs dans la véranda, que l'on avait visiblement soulevés et reposés au hasard, aux coussins des fauteuils dans le salon, jonchant le sol, tout avait été fouillé. Les tiroirs étaient ouverts, les couverts sortis, les conserves dérangées, les tableaux déplacés, les vestes sur les patères dépliées.

Les draps dans la chambre à coucher avaient été déchirés, les livres de la bibliothèque jetés au par terre, les sous-vêtements froissés, les costumes lacérés, les bibelots éparpillés çà et là. D'un côté, un balai, de l'autre une serpillère, un album de timbres, des chemises remplies de vieilles cartes postales.

Lombric prenait des photos de ce capharnaüm alors que Françoise répétait sans cesse : *ce n'est pas possible, ce n'est pas possible !*

– Une personne a vraisemblablement cherché quelque chose dans cette maison ! commenta Lombric, pince-sans-rire. Et elle a cherché longtemps !

Le détective passait de pièce en pièce et découvrait de nouveaux détails. Dans la cuisine, la hotte démontée, les grilles des conduits d'aération de la VMC ôtées. Dans le salon, le vestibule, les chambres, des lattes du plancher arrachées !

– Notre cambrioleur a été méticuleux ! Il n'a pas laissé beaucoup de place au hasard !

Lombric, enjambant les objets et les bouts de bois au sol, se dirigeait vers la dernière pièce, au bout du couloir. Il poussa une exclamation étouffée lorsqu'il fut dans l'embrasure de la porte.

– Quoi ? demanda Françoise.

– Justement, rien ! fit Lombric.

La pièce, qui comportait un bureau surmonté d'un ordinateur, n'avait pas été dérangée. Chaque élément se trouvait à sa place.

– Pourquoi n'a-t-on rien touché ici ? s'étonna l'élue. Ça n'a pas de sens !

– Eh bien, pourtant, c'est évident !

Cela dit, le détective retourna dans le couloir et s'appliqua à tout observer avec plus de minutie qu'auparavant. Il passa ses mains sur les murs, comme pour les sonder, puis se mit à quatre pattes et souleva les lattes du parquet.

– Évident ? Pardonnez ma bêtise, cher maître, mais pour moi ce mystère demeure obscur !

– Chut ! fit Lombric comme si les mots de son interlocutrice le gênaient dans ses recherches.

Et il continua obstinément de pousser les lattes, découvrant au fur et à mesure le plancher nu et poussiéreux.

– Je suis sûr et certain que… marmonnait-il en accomplissant sa tâche méticuleuse.

– On vous a déjà dit que vous pouviez être un peu agaçant, quelquefois ?

Lombric n'écoutait plus. Le bruit des planches et de ses fouilles couvrit de surcroît la question intempestive de madame la maire.

– Là ! triompha soudain le détective. Là, regardez !

Il désignait une cavité qu'il venait de mettre à jour, percée dans une plaque de polystyrène isolant, dans un recoin du couloir. Il lui avait suffi d'ôter un cache de la même couleur que le matériau pour découvrir la planque.

– Qu'est-ce que c'est ? s'impatienta Françoise.

– Vous ne voyez pas ? lui lança Lombric avec morgue. C'est une sorte de niche, sans doute creusée par monsieur Tabac dans un but bien précis. J'étais bien certain que si la dernière pièce n'avait pas été fouillée, c'était parce que notre voleur avait trouvé ce qu'il cherchait avant. De sorte qu'il lui était inutile de poursuivre ses investigations.

– Qu'y a-t-il dedans ? demanda l'élue.

– Vous voulez dire : *qu'y avait-il* ? Notre cambrioleur n'a rien laissé, naturellement.

La maire se pencha et constata que le détective avait raison : l'espace aménagé était vide. On pouvait seulement observer des traces de poussière qui formaient le contour d'un rectangle.

– Il y avait quelque chose ici ! s'exclama Françoise. Une boîte, peut-être ? En forme de parallélépipède ?

– C'est probable, en effet.

Les deux protagonistes échangèrent un regard singulier, conscients d'avoir fait une découverte majeure.

– J'ai tellement de questions qui m'envahissent, tout d'un coup ! s'enthousiasma la septuagénaire. Qui est venu dans cette maison ? Quand ? Comment cette personne connaissait-elle l'existence de cette cachette ? Que contenait cette boîte ?

– Vous avez raté votre vocation, madame la maire ! Vous auriez dû entrer dans la police judiciaire. Quant à vos questions, je me pose les mêmes… je crois simplement pouvoir répondre à votre *quand ?* Le cambrioleur n'a pu pénétrer chez monsieur Tabac qu'après la levée du corps de lundi. Dans le cas contraire, les pompes funèbres n'auraient pas manqué de signaler le désordre sans nom qui règne ici. De plus, si je me fie à la logique, le voleur est venu de nuit, pour minimiser les chances de se faire remarquer. Donc, il nous reste lundi, mardi ou mercredi soir.

L'élue fixa son compagnon un instant et songea que, tout de même, derrière son apparence peu reluisante, il dissimulait peut-être une cervelle convenable.

– Oui… vous avez sans doute raison… concéda-t-elle. Qu'allez-vous faire, à présent ?

– Aucune idée ! avoua Lombric. Je considère notre découverte comme une pièce du puzzle intéressante, mais je ne sais même pas si elle s'insère dans le mystère du crime de Grenadine. L'effraction de cette maison a-t-elle un rapport avec notre affaire ? Comment deviner ? Je dois réfléchir… j'ai un sentiment de trop-plein d'informations. Je ne parviens ni à avoir un recul suffisant pour en soupeser l'importance, ni à les relier entre elles ; et encore moins à notre enquête. C'est trop tôt, beaucoup trop tôt ! Si nous allions plutôt voir la cave de Grenadine ? Nous n'avons plus rien à faire ici. Tout à l'heure, vous porterez plainte contre x pour le cambriolage et puis nous laisserons tout cela reposer, comme une pâte à crêpes ! Qu'en pensez-vous ?

12

Qui est coupable ?

– La question qui me taraude, expliquait Lombric à Françoise, c'est la suivante : est-ce que le mystérieux cambrioleur est aussi l'assassin de Grenadine ?

Les deux enquêteurs faisaient irruption de la cave de la victime. La visite avait été décevante. En dehors des quelques bouteilles de vin des coteaux de Glanes, d'une grande bonbonne de vinaigre, de quelques vieilles revues de tricot et autres babioles sans valeur, les lieux, humides et sombres, ne présentaient pas d'intérêt particulier. Rien qui permît de penser que quelqu'un avait été séquestré ici.

– Depuis le début, vous dites « le », fit remarquer la maire. Mais pourquoi notre assassin ne serait-il pas une femme ?

– Bien sûr ! approuva le détective. Nous n'en savons encore rien. D'ailleurs mon emploi du substantif masculin était purement générique. Pourtant…

Une poule rousse s'envola devant eux quand ils tournèrent à l'angle de la maison. Elle glousssa de peur et de surprise, faisant sursauter Lombric par la même occasion.

– Pourtant, reprit ce dernier en jetant un œil noir au gallinacé, le mode opératoire me fait intuitivement songer à un homme. Il faut tout de même une certaine force pour tuer quelqu'un avec une bûche, vous ne croyez pas ?

– C'est aussi ce que je me disais.

– Et aussi pour forcer une serrure, n'est-ce pas ? Nous voilà d'accord sur ce point !

Ils grimpèrent dans la voiture de madame la maire après avoir quitté le jardin. Le véhicule prit la direction du bourg.

– Tant que nous y sommes, déclara le détective, je pensais à un petit service que vous pourriez me rendre.

– Je ne demande que ça !

– Il me faudrait dresser une liste. Oui, c'est ça ! Pour m'aider à fixer mes idées.

– De quelle liste parlez-vous ?

– De celle faisant apparaître les noms des villageois qui connaissaient suffisamment monsieur Tabac pour savoir qu'il y avait un trésor chez lui. Car nous pouvons supposer qu'il s'agissait d'un trésor, n'est-ce pas ? Ou de quelque chose s'approchant…

– Peut-être était-ce simplement des documents, revêtant une importance capitale pour une personne en particulier… des lettres ? Un journal intime ? Des coupures de magazines révélant une histoire oubliée de tous ?

– Oui… peut-être. Dans tous les cas, un de ses proches était peut-être au courant ? Je pense à Claude, par exemple : il a prétendu que lui et la victime étaient amis d'enfance.

– Tout à fait !

– Ou un de ses compagnons de pétanque ? Il jouait tous les après-midi, n'est-ce pas ? Jusqu'à la veille de sa mort ?

– C'est vrai !

Françoise garait sa Peugeot devant l'hôtel de ville. Elle ne semblait guère convaincue par la nouvelle idée de son associé.

– M Tabac était très discret, fit-elle. On pourrait même dire : cachotier. Je doute qu'il se soit confié à qui que soit !

– Dans ce cas, qui est venu le cambrioler ? Son fantôme ?

Lombric, après avoir lancé sa boutade facile, descendit de la voiture et pénétra dans la mairie. Eugénie, la secrétaire, enfilait son imperméable à ce moment précis. Elle s'apprêtait à partir.

– Tu peux y aller, Eugénie ! dit la maire en entrant à son tour. Il est dix-sept heures, je fermerai.

– À demain ! fit l'employée qui n'avait pas envie de s'attarder.

Lombric l'observa s'éloigner sur la place en allumant une cigarette. Il se demandait quel âge elle pouvait avoir.

– Il y a longtemps qu'elle travaille ici ? interrogea-t-il.

– Non, juste six mois. Elle a pris le poste de ma dernière secrétaire, qui est partie à la retraite.

– Elle est originaire du village ?

– Oui, ses parents avaient une ferme à la sortie. C'est la petite fille de Marinette, vous vous souvenez d'elle ?

– Marinette, votre doyenne, oui, bien sûr ! Sa petite fille… je vois ! Elle a l'air plutôt jeune, non ? Vous êtes satisfaite de son travail ?

– Ma parole ! Vous enquêtez sur elle !

– Oui… non… je ne sais pas ! Je me renseigne, c'est tout. J'essaie de dresser un tableau d'ensemble.

Claude, le premier adjoint, pénétra à son tour dans la pièce. Il arrivait de la salle informatique.

– Françoise, monsieur Lombric a raison ! s'exclama-t-il. Laisse-le prendre la température de Prayrac : il est normal qu'il s'informe sur nous !

Puis, se tournant vers le détective :

– Je vais vous répondre, puisque c'est moi qui ai insisté pour engager Eugénie. Elle a vingt-sept ans. Elle est célibataire. Elle est très sérieuse dans son travail : ponctuelle, investie, mais discrète, polie, accueillante, efficace. Bref, nous ne regrettons pas de l'avoir embauchée !

– Je n'en doute pas un seul instant. J'ai cru comprendre qu'elle avait un enfant ?

– Oui, un garçon de six ans.

– Le papa n'est plus là ? Comme vous me dites qu'elle est célibataire…

– Il n'a jamais été là. Je crois que même Eugénie ne le connaît pas… la chose se serait passée un soir de fête votive… mais elle n'en est pas sûre. D'après elle, il n'y avait pas qu'un seul soupirant… enfin, vous comprenez !

– Oui ! C'est hélas un cas assez banal, de nos jours. Une femme isolée, un père absent. Eugénie a-t-elle du moins ses propres parents pour l'aider ?

– Non ! Ils sont allés vivre en Bretagne, il y a déjà presque cinq ans.

– Ils sont partis alors que leur fille venait d'avoir un bébé ?

– Oui… ils se sont fâchés avec Eugénie quand elle a refusé d'avorter… ils ne l'ont jamais soutenue.

– Belle mentalité !

Le Pyrénéen sentit qu'il commençait à s'agacer et choisit de parler d'autre chose. Il remercia le premier adjoint pour ses informations, puis il aiguilla la conversation vers le point qui l'intéressait davantage :

– Vous a-t-on dit que la maison de monsieur Tabac avait été fouillée ?

Claude demeura perplexe, se tournant vers Françoise pour avoir confirmation de cette information, puis soutenant le regard de Lombric sans parvenir à émettre le moindre son. Cela dura quelques secondes. Puis, il balbutia :

– Que… fouillée… qui… pourquoi… quand ?

Lombric le fixait en plein, comme pour percer ses sentiments.

– Oui, fouillée ! répéta-t-il. Cambriolée, si vous préférez.

– Cambriolée ? Mais… voyons… qu'a-t-on pris ? Roger ne possédait rien de valeur chez lui !

– En êtes-vous sûr ?

– C'est-à-dire que… je le pense, oui ! Il m'en aurait certainement parlé !

Le premier adjoint écarquillait les yeux de surprise et ses sourcils remontaient presque au milieu de son front.

– Précisément : je vais vous demander de faire appel à votre mémoire. Prenez votre temps. Vous vous connaissiez depuis des années, m'avez-vous dit ? Est-ce qu'il n'aurait jamais fait allusion à une sorte de trésor, dissimulé dans sa demeure ?

– Jamais !

La réponse avait fusé très vite, contrastant avec les hésitations précédentes. Peut-être un peu trop vite.

– Réfléchissez bien, je vous en prie, Claude ! Vous-même m'avez assuré qu'il était riche, votre ami. Or, le notaire n'a rien dans la succession. Nous nous interrogeons beaucoup sur cette contradiction.

– En effet, je ne trouve pas ça logique ! laissa tomber le premier adjoint.

– Sauf, rectifia Lombric, si notre homme a placé ses économies dans un endroit qu'il jugeait sûr, pour adoucir son avenir. En cas de coup dur, ou bien simplement pour sa tranquillité d'esprit, comme font de nombreuses personnes : on se sent toujours en meilleure santé quand on est assis sur un petit coussin épais !

Françoise gloussa discrètement et tenta de dissimuler son rire par un raclement de gorge. Décidément, ce détective usait d'un langage bien étrange !

– Je me permets d'insister, monsieur le premier adjoint ! continuait Lombric. Pourriez-vous nous dire si, à votre connaissance, votre ami thésaurisait ? D'une manière ou d'une autre ? Que vous a-t-il dit ?

– Mais rien ! se désespéra Claude. Rien du tout ! J'aimerais vraiment vous aider ! Si je savais quelque chose, je vous le dirais sur-le-champ !

– Bien, je vous crois, fit Lombric, déçu. Cela ne fait pas avancer mon enquête… tant pis ! Peut-être aurait-il pu se confier à une autre personne ? Un joueur de pétanque ? Sa locataire, Grenadine ?

– Vous plaisantez ! Il n'était pas bavard le Roger !

– Qu'est-ce que je vous avais dit ? triompha madame la maire.

– Et même que je sais pourquoi ! ajouta le premier adjoint. Ça date du jour où il a perdu son frère. Il avait une douzaine d'années, guère davantage. Ils ramenaient tous les deux une charrette remplie de foin. Roger guidait la bête. Un beau cheval de trait, bien costaud. Connu pour son calme. Et son frère se tenait sur une botte, à l'arrière. Eh bien, à ce qu'il paraît, des mouches se sont mises à piquer l'animal et celui-ci s'est emballé soudainement. Roger n'a rien pu faire. La charrette a basculé. Son frère s'est retrouvé coincé sous le moyeu. Le ventre écrasé par le poids. Il a fait une hémorragie interne. Roger a assisté à tout, impuissant. À l'agonie, à la mort. Du jour au lendemain, il est devenu taciturne.

– J'ignorais cette histoire ! dit Françoise Reynardeau. Que c'est triste !

– Il refusait d'en parler. Je crois qu'en dehors de moi-même, il n'existait plus personne de vivant à la connaître. Maintenant, nous sommes trois.

– En tout cas, cela montre que le défunt se confiait à vous, remarqua Lombric. Vous devez sûrement supposer que s'il ne vous a rien dit à propos du trésor, c'est qu'il ne s'en est ouvert à personne.

– Et comment ! fit Claude.

– Et pourtant, reprit l'enquêteur, je vous l'affirme : quelqu'un était au courant ! Il n'y a aucun doute à ce sujet. L'acharnement des fouilles dans la maison de monsieur Tabac montre que notre fouineur savait qu'il y avait quelque chose à trouver. Il ne savait pas *où*, car il a cherché longtemps. Il ne savait peut-être pas *quoi*. Mais il savait.

– Mais qui ? Cela n'a aucun sens ! protesta Claude. Et quel trésor ? Enfin ! Vous lisez trop de romans d'aventures !

– Lire ? Non ! Pas besoin. La réalité, souvent, dépasse de loin l'imagination humaine ! Cela suffit à mon bonheur.

13

Une liste

Le soir même, après un repas frugal servi par Louise dans sa chambre, Lombric se trouvait assis devant une étroite table, près de la fenêtre donnant sur le jardin de l'auberge. Il griffonnait avec méthode des annotations sur une feuille blanche.

Ma liste, je vais tout de même la faire ! songeait-il. *Pas celle dont je parlais cette après-midi, puisque personne ne semble savoir à qui ce satané Tabac s'est confié ! Mais une différente, peut-être plus utile encore.*

Il inscrivait des noms les uns en dessous des autres. En face, il notait les informations qu'il possédait sur les personnes concernées. Il s'était fait monter par la patronne un digestif à la prune, qu'il buvait à petites gorgées bruyantes.

Lorsqu'il eut terminé, il relut l'ensemble, plutôt satisfait.

Antoine : cantonnier. Retraite proche. Sur les lieux du crime vers 10 h 30 (prétend-il). Vérifier ce qu'il a fait avant (cimetière : quelqu'un l'a-t-il vu ?). A découvert le corps le lendemain vers 10 h. A entendu des bruits dans la forêt. Réaction étrange et stressée. Intérêt pour liquider Grenadine : financier ? Crime de détraqué ? A-t-il besoin d'argent ? Suspect potentiel.

Eugénie : 27 ans, secrétaire depuis 6 mois. Petite fille de Marinette. Ne travaillait pas le jour du meurtre (donc sans alibi solide). Intérêt à tuer Grenadine ? Sans doute néant. Ne pas écarter. Vérifier ce qu'elle a fait dans la matinée.

Daniel et Louise : patrons de l'auberge. Travaillaient le matin du crime. Sauf énorme surprise, ils ne gagnent rien à la mort de Grenadine...

André, petit ami officiel de Grenadine. Chasseur (a l'habitude d'être confronté à la mort d'animaux), cultive la truffe. S'est disputé le matin du drame avec la victime. Refuse de dire à quel sujet. Jaloux maladif ? Possible ! N'a pas paru particulièrement affecté par la disparition de sa dulcinée ! Suspect possible.

Ludovic, agriculteur. Livrait du lait à la victime en échange d'œufs. Caractère renfermé et soupe au lait. S'est pointé sur place le matin du drame. Avait-il une liaison avec la défunte ? Ou une attirance pour elle ? Celle-ci était encore charmante pour son âge ! Ne pas l'oublier (photo chez elle). Suspect potentiel.

Claude : élu municipal. Ami de M Tabac. Cache-t-il quelque chose ? Étrange qu'il n'ait rien su pour le trésor. Intérêt à tuer Grenadine ? Avait-elle un conflit avec son propriétaire ? Dans ce cas, Claude aurait pu agir par vengeance ? Hypothèse extrême : Grenadine a éliminé M Tabac et Claude a voulu faire justice. Ou bien : Grenadine savait pour le trésor et Claude a voulu la réduire au silence pour en profiter seul. Dans ce cas, c'est aussi lui le cambrioleur. Suspect potentiel !

François, fou. Ne peut pas être supprimé de la liste des suspects... que faisait-il le matin de la disparition de la défunte, avant d'être dans les bois ?

Marinette, 98 ans. Aucun intérêt.

Laurence, photographe. Frédérique, adjointe. Je dois les rencontrer plus tard, mais leur intérêt à supprimer Grenadine est peu évident... a priori.

Françoise, maire de Prayrac depuis presque quinze ans. Amie de la victime. Dernière connue à lui avoir parlé... en dehors de l'assassin. Mobile ??

Paysan malotru en tracteur sur les lieux du meurtre, le mercredi. À refusé de me répondre. Sûrement un accès de mauvaise humeur. Son nom ?

Résumé : mobiles envisageables —> argent, jalousie, accès de folie, de colère.

Suspects à privilégier : plutôt un homme (force). André, Ludovic, Antoine, Claude, François... chercher à savoir si certains d'entre eux n'en pinçaient pas pour Grenadine (pourquoi pas une classique affaire de ménage à trois ?).

À prévoir :

1) *Parler à la photographe et à Frédérique ;*
2) *Se rapprocher des enquêteurs policiers pour savoir s'ils ont relevé des traces de violence dans la maison de Grenadine, ou dans son jardin. S'ils ont trouvé des indices dans sa voiture. Ou encore autour du lavoir.*
3) *Explorer la forêt autour de l'endroit où Antoine a prétendu entendre des bruits.*
4) *Passer en revue mes photos à la recherche d'indices cachés.*
5) *Tenter d'aller parler au fou pour me faire une idée.*
6) *Parler autour de moi d'un trésor de M Tabac.*

Lombric se leva et se jeta sur son lit. Il soupira. Le verre de prune était vide. L'homme sentait encore le goût prononcé et fruité de la liqueur dans sa bouche. Il passait sa langue partout à l'intérieur pour en savourer jusqu'au bout le suc. Il ferma les yeux. Il tentait de reconstituer un film logique des évènements du mardi matin. Mais il lui manquait trop d'images.

Il se releva brusquement et décida de regarder à nouveau les photos qu'il avait prises depuis le début de son enquête. Il ouvrit son ordinateur et navigua jusqu'au dossier concerné. Il cliqua sur la première icône.

Durant près d'une heure, il fit défiler plus de cent clichés. Cela démarrait devant chez Grenadine, avec la vieille Golf blanche, puis il y avait celles autour du lavoir de Laumière-basse.

Il s'attarda d'abord sur l'intérieur de la maison de la victime. Il revit le thermomètre indiquant douze degrés, il ressentit à nouveau le froid. *Pas de chauffage... le poêle éteint... oui, en 24 heures, c'est possible,* se dit-il. *De toute façon, elle a déjeuné puis il s'est produit un évènement qui a tout chamboulé.* La vaisselle dans l'évier. La photographie de Grenadine, encore coquette et charmante. Aucune trace d'homme : ni pantoufle dans un coin ni manteau, rien qui ne laissât envisager une relation.

Le détective étudia ensuite les images de Grenadine dans le lavoir. Comme toutes les photos de victime de meurtre, cela n'était pas joli-joli. Un cadavre à demi-flottant dans une eau noire et parsemée de feuilles jaunes ou rouges. Un crâne ouvert, des cheveux collés autour de la blessure. Des petits bouts d'écorce dans la plaie.

En zoomant pour mieux distinguer, Lombric eut tout à coup son attention attirée par un détail. Au fond de l'eau, du côté droit du corps, il lui avait semblé noter une tache sombre. Il grossit encore la vue. Il perdit quelques pixels, mais parvint à identifier une forme. Un habit, sans doute une parka. À présent, il apercevait nettement le vêtement dans le fond du lavoir.

Ah ! Oui ! Je me souviens ; Françoise l'avait signalé. Ils ont retrouvé un manteau, une écharpe, un chapeau.

Il tenta de se remémorer le moment où les policiers avaient tiré le corps de l'eau, mercredi. Il revit les membres ballants et dégoulinants, la tête rejetée en arrière. Un pantalon gris, un pull-over quelconque.

Bon sang ! Comment ai-je pu ignorer ce détail ? Elle ne portait pas sa parka sur elle ! Voilà qui est bien étrange ! Vue la position du corps, la face dans l'eau, je vois mal comment le vêtement aurait pu se détacher seul et finir au fond du lavoir. Non... cela veut nécessairement dire qu'on l'y a plongé avant d'y jeter Grenadine.

Si je vais plus loin : que la victime, au moment du meurtre, ne portait pas de manteau. Dans le cas contraire, pourquoi est-ce que l'assassin se serait amusé à lui ôter ?

Si je vais encore plus loin : que Grenadine n'a pas été assommée en extérieur. D'après tous les témoignages, il faisait froid. Pourquoi se serait-elle promenée avec sa parka sur le bras ?

Voilà qui amène de nouvelles questions : aurait-elle été trucidée chez elle ? Avant de sortir ? Dans ce cas, la scientifique aura sûrement trouvé des traces de sang dans la maison. Ou bien, l'a-t-on assommée ailleurs ? Dans une autre demeure ? Dans sa Golf ?

Et si elle a été tuée avant d'arriver au lavoir, qui a conduit sa voiture jusque-là ?

Lombric sentit la migraine poindre, lentement, sournoisement, remontant peu à peu par les cervicales. Il ferma son ordinateur, avala un antalgique et éteignit la lumière. Il se dit qu'une bonne nuit de sommeil lui permettrait peut-être de faire le tri dans cet écheveau inextricable.

14

Le rapport de la scientifique

Vendredi 28 octobre

Le lendemain matin, vers huit heures, la migraine était toujours là. Lombric se jeta sous la douche à moitié endormi. Il régla le thermostat en dessous de trente. La fraîcheur lui procura un bien-être immédiat. Mais une fois qu'il fut sorti, séché, habillé, la douleur le relança, impitoyable, le forçant à avaler un nouveau Dafalgan.

Le Pyrénéen s'allongea un moment, le temps que l'afflux de sang à ses tempes diminue, et avec lui la céphalée. Il se contraint à contrôler sa respiration pour réguler son rythme cardiaque.

Le calme revint en lui en vingt minutes. Alors, il crut bon de rejoindre la salle commune de l'auberge pour déjeuner. Il tomba au beau milieu d'une conversation animée entre la Marinette et Louise. Le détective songea que la doyenne, ce matin, était en avance et en pleine forme.

– C'est Gisèle, ma mère, dont je te parle ! disait la vieille. Tu ne peux pas l'avoir connue, enfin !

– Là-dessus, je vous rejoins ! plaisantait la patronne, la figure réjouie. Mais qu'est-ce que c'est que cette histoire de photo ?

– Ha ! Tu vois ! Je savais que tu ne m'écoutais pas !

– C'est à cause du bruit de la machine à café, Marinette. Pardonnez-moi !

– La machine ? Ah ! Oui. Je disais : maman, il lui est arrivé quelque chose d'extraordinaire ! Quand elle est morte !

– Mais qu'est-ce qui peut bien se passer après la mort ? Il n'y a rien !

– Ne m'interromps pas ! Sinon je vais perdre le fil et tout recommencer du début ! Quand elle est morte, un voisin est venu. Pour la photographier sur son lit, comme les ancêtres faisaient toujours. Même que parfois, on habillait le cadavre et on le faisait poser au milieu de la famille, une dernière fois. Tu comprends ?

– Oui, Marinette !

– Tu n'as pas connu ça, toi ?

– Non, Marinette !

– Cela donnait des clichés étranges, vraiment dérangeants. Des enfants, allongés, comme endormis au milieu de leurs poupées, des adolescents tenus droits par une sorte de tuteur en bois, au beau milieu de leur famille. Un porte-mort, que ça s'appelait ! On leur maintenait les yeux ouverts à l'aide d'éléments insérés. On leur cousait légèrement la bouche pour la garder droite, on plaçait leurs mains sur les épaules des parents… on les faisait tenir comme on pouvait…

– C'est morbide !

– Oui ! Que veux-tu ? Autres temps, autres mœurs ! Alors… j'en étais où ? Ah ! Oui ! Maman sur son lit de mort. Pour bien comprendre, tu dois savoir qu'à cette époque, pour prendre une photo, le sujet devait poser longtemps. Pas comme maintenant : clic ! Clac ! C'est fini ! Non ! Au XIXe siècle, on posait plusieurs dizaines de minutes.

– Rien d'insurmontable, pour un mort !

– Non, ça je te le concède. Mais voilà ce qu'il s'est passé : lorsque le photographe a développé le cliché, il s'est aperçu qu'il était flou. Le visage de ma mère ressortait mal. Et sais-tu pourquoi ?

– Problème de luminosité ? Contre-jour ?

– Pas du tout ! s'esclaffa Marinette. Tu ne réfléchis pas ! Le gars, lui, a compris tout de suite : si c'était flou, c'était que le sujet avait bougé !

– Bougé ? Mais c'est impossible !

– Sauf si… elle n'était pas morte ! Et c'était le cas ! Elle avait bougé durant l'exposition.

– Pas morte !

– Non ! Sûrement dans une espèce de coma passager. Le médecin est revenu. Il a constaté le non-décès ! Et maman a vécu assez longtemps, après cette anecdote incroyable, pour me la raconter lorsque j'avais quinze ans. Je ne l'ai jamais oubliée !

Lombric, amusé, avait visité le buffet durant le récit de Marinette. Il s'était servi du café et des croissants, puis il s'était installé à une table proche.

– Une belle leçon de vie, cette histoire ! lança-t-il gaiement lorsque Marinette se tut. On ne devrait jamais se fier aux apparences !

– Oh ! Comme vous avez raison, monsieur le détective ! approuva Louise. C'est ce que je dis toujours à mon mari. Il juge parfois les gens trop vite ! Pas vrai, Daniel ?

On entendit de loin le patron marmonner des paroles inintelligibles.

– Tiens ! L'erreur typique à ne pas commettre dans une enquête ! reprit Lombric. Ne jamais se fier à la façade que les êtres vous montrent. Ils essaient tous plus ou moins de dissimuler quelque chose, en rapport ou non avec les investigations, d'ailleurs. Quelquefois, c'est un aspect de leur vie privée qu'ils veulent garder secret. Ou alors un sentiment dont ils ne sont pas fiers : jalousie, convoitise, agressivité, méchanceté… la nature humaine, hélas, fait parfois preuve de sournoiserie !

– Quelle vision noire ! s'exclama Louise. C'est l'expérience de votre métier qui vous a conduit à de telles conclusions ?

– De mon métier et de la vie, chère madame. Mais je confesse avoir croisé également des personnalités charmantes : généreuses, désintéressées, affables. Je ne noircis pas toujours le tableau !

– Et dans notre village ? s'enquit Marinette avec malice. Comment sont les gens que vous avez interrogés jusqu'à présent ?

– Oh ! Vous savez, c'est peut-être un peu tôt pour juger ! Il y a des mensonges, c'est certain. Il y a aussi des sentiments peu recommandables. Et beaucoup de dissimulation. En général, quand je montre ma carte, je provoque la méfiance !

Un court silence s'installa, durant lequel Lombric débarrassa la table de son petit-déjeuner. Puis, Louise reprit d'un ton curieux :

– Vous avez déjà des suspects ? Qui a bien pu massacrer une vieille femme de la sorte ? C'est insensé !

– Insensé selon vos valeurs, fit remarquer Lombric. Qui sont celles partagées par le plus grand nombre, et je m'en réjouis ! Mais notre meurtrier suivait sûrement sa propre logique ; il a agi dans un but précis. Le tout, c'est de trouver lequel. Je ne désespère pas d'y arriver.

– On vous souhaite bon courage ! lança Marinette. Et si vous avez besoin d'auxiliaires, nous sommes là !

Le détective la remercia en lui tapotant légèrement l'épaule, puis il sortit de l'auberge, le sourire aux lèvres. *Celle-là quel exemple d'énergie positive !* songeait-il avec admiration. *Trop d'humains ont tendance à tout noircir, sans cesse, et demeurent fermés au bonheur.*

Pénétrant dans la mairie peu après, il trouva Eugénie, fidèle au poste, derrière son comptoir, en train de classer des dossiers. Il la salua en tentant de ne pas lorgner sur l'échancrure bâillant de son corsage, qui lui attirait le regard. Il s'apprêtait à cogner contre la porte du bureau de madame la maire quand il se ravisa soudain.

– Dites-moi Eugénie, mardi dernier, vous étiez bien absente ?

– Oui ! répondit l'employée. Je gardais mon fils qui était malade.

– Rien de grave, j'espère ? Vous avez vu le docteur ?

– Oui, dans la matinée. Il a diagnostiqué un gros rhume, avec une petite inflammation de la gorge et une légère fièvre. Il lui a prescrit du Maxilase et du paracétamol.

– Il va mieux, je suppose ?

– Oui, par bonheur ! La fièvre est tombée et il a pu reprendre l'école.

– Il est en quelle classe ?

– Il vient de rentrer en CP... ce n'est pas facile, car il bouge beaucoup, il est très nerveux comme garçon ! La maîtresse me dit qu'il n'est pas très attentif...

Courageuse, cette femme. Elle élève seule son enfant et elle travaille à côté. Peut-être qu'on lui a proposé ce poste de secrétaire pour cela, justement ? Pour lui venir en aide. Est-ce que la fameuse Marinette y serait pour quelque chose ? Sûrement !

Lombric trouva Françoise en train de lire un article de *La vie quercynoise* traitant du village. Elle portait des lunettes aux verres épais et rectangulaires.

– Monsieur Lombric ! s'exclama-t-elle en levant le nez. Que puis-je pour votre service ?

– Tout, madame ! N'oubliez pas que vous êtes mon alliée dans cette affaire ! Et aussi mon guide. D'ailleurs, à propos de ce dernier point, j'ai le regret de vous informer que je ne récupérerai pas ma voiture avant trois jours encore ; le garagiste a commandé une pièce qui n'arrive pas.

– Vous pouvez compter sur moi pour vous servir de taxi, monsieur Lombric !

– Vous êtes trop aimable. Je voudrais bien, en effet, que vous me conduisiez au lavoir. Mais auparavant, verriez-vous un inconvénient à joindre le gendarme responsable des investigations pour lui poser quelques questions ? Si j'effectue moi-même cette démarche, je gage qu'il se refusera à éclairer ma lanterne : la concurrence est parfois sévère entre le public et le privé.

– Mais bien entendu ! s'enthousiasma la maire. Et que dois-je lui demander ?

– Je voulais savoir si la scientifique avait pu mettre en valeur des indices, répondit Lombric. Nous en sommes à un point de l'enquête où celle-ci aurait besoin d'un petit coup de pouce, d'une lueur qui m'indiquerait une direction à suivre.

Madame la maire approuva du chef tout en s'emparant de son téléphone portable. Quelques instants plus tard, elle dialoguait avec l'adjudant concerné. Concentrée, elle l'écouta quelques minutes tout en prenant des notes. Enfin, elle le remercia et raccrocha.

– Bon ! fit-elle. Il y a du nouveau !

Lombric la fixait comme un enfant à qui on a promis une surprise, les yeux exorbités d'impatience.

– Vous avez gardé une curiosité étonnante pour votre âge ! lui lança Françoise avec un brin d'admiration. De nos jours, on rencontre tellement de personnes blasées par leur métier ! Tandis que chez vous, quelle fraîcheur ! Quelle spontanéité !

Le détective se fendit d'un sourire reconnaissant. C'était un homme qui aimait les compliments, indéniablement.

– Comme on pouvait s'y attendre, reprit l'élue, ils ont beaucoup de traces de sang autour du lavoir. Grâce à ces dernières, ils peuvent même déterminer l'endroit d'où le cadavre a été vraisemblablement extrait d'un véhicule. Mais ils ne trouvent pas de preuves que le corps ait été tiré… les feuilles ont été, semble-t-il, remuées exprès par le meurtrier pour effacer ses agissements.

– Mais ils retiennent tout de même l'hypothèse d'un cadavre transporté dans une voiture ?

– Ils planchent dessus.

– Donc, ils ont dû procéder à des relevés dans la Golf ? Et sûrement dans le véhicule d'André ?

– J'allais y venir. Dans la Golf, ils ont des ADN de beaucoup de personnes. Toutes celles qui, dans le village, ont un jour ou l'autre accompagné Grenadine ici ou là. Il y en a une quinzaine selon l'adjudant.

– Des traces de sang ?

– Eh bien non.

– Et dans la voiture du petit ami ?

– Beaucoup ! Surtout dans le coffre. Mais c'est le sang des divers animaux qu'il a tués.

– Tout cela ne nous avance pas à grand-chose ! déplora Lombric. Peut-être ont-ils trouvé des indices dans la maison ? Dans le jardin ?

– Oui, c’est le point le plus important. Les relevés sont nombreux dans le salon et dans la cuisine, près de l’évier.

– Ah ! fit Lombric.

– Mais… il ne faut pas s’emballer pour autant.

– Et pourquoi donc ?

– Parce que, comme l’a souligné l’adjudant, Grenadine était sujette aux saignements de nez. Il tient cette information de son médecin traitant. Moi-même, j’ai assisté plusieurs fois à quelques crises. De sorte qu’il est difficile de conclure avec certitude que la présence de ce sang est liée à l’agression ou non.

– Était-il frais ? Les scientifiques ont-ils au moins déterminé cela ?

– Oui. Il datait d’au maximum deux-trois jours. Il pourrait donc provenir de la blessure au crâne. Mais rien ne le prouve.

– Et pour les pneus ? Ont-ils identifié un véhicule susceptible d’avoir stationné près de l’ancien lavoir ?

– Les dessins relevés sur place correspondent avec ceux de la Golf. Mais ils sont très répandus et ils pourraient tout aussi bien appartenir à une autre voiture.

Lombric fit rapidement le bilan des constatations de la scientifique. Au bout du compte, il n’y avait rien de bien tangible.

– Êtes-vous douée pour les devinettes ? lança soudainement l’enquêteur, comme si son esprit sautait d’un sujet à l’autre.

– Moi ? fit Françoise. Pas du tout ! En général, je m’agace tout de suite et je donne ma langue au chat !

– C’est pourquoi vous n’êtes pas détective ! s’enorgueillit Lombric. Si vous le voulez bien, je vais tout de même vous en proposer une…

Et sans attendre la réponse de l’élue, il lui demanda :

– Si Grenadine a été assommée chez elle, ainsi que le suggère le rapport de l’adjudant, comment a-t-elle fait pour conduire sa vieille guimbarde, comme le prétend le dénommé François Pasdeloup ?

Et comme la maire demeurait silencieuse :

– Je ne sais pas vous, mais pour ma part, je ne crois pas aux zombis ! Et encore moins aux zombis conducteurs de voiture !

15

Dans la forêt

En fin de matinée, Françoise et Lombric avaient convenu d'un rendez-vous avec Antoine près de l'ancien lavoir. Il s'agissait, pour le détective, de s'imprégner des lieux. Il procédait toujours ainsi, dans ses enquêtes : évoluer dans l'espace du drame jusqu'à ce que celui-ci lui devienne familier, comme si c'était son propre espace de vie, jusqu'à ce qu'il puisse pénétrer les personnalités, les cœurs des uns et des autres, comprendre leurs actes, les anticiper même.

Quelquefois, cette exploration intime du milieu social le dégoûtait. Il y croisait trop d'êtres dont il désapprouvait les pensées. La plupart du temps, il tentait de ne rien laisser paraître. Il observait. Il mettait ses colères sous l'éteignoir.

Cependant, il lui arrivait de dire ses quatre vérités à tel ou telle. À partir d'un certain degré d'écœurement, il ne parvenait plus à se taire. Cela sortait tout seul. Dans ces moments-là, sa personne semblait s'allonger, se gonfler, comme pour se transformer en un être vengeur et redoutable.

C'était rarement en début d'enquête. Lombric perdait plutôt patience après quelque temps à patauger sans résultat tangible. Impétueux de nature, il mettait toute sa frustration dans sa colère. Plus celle-là grandissait, plus cette dernière était profonde.

Au point où se trouvaient les recherches sur l'assassinat de Grenadine, Lombric prenait encore du plaisir. Bien sûr, il commençait à ressentir un agacement à cause de l'absence de progrès ; mais il se considérait toujours dans les prémisses de ses investigations et il se donnait une marge de progression réelle. De plus, ses idées bouillonnaient littéralement et cela lui plaisait. Il aimait cette suractivité de son cerveau qui l'animait lors de ses prospections.

– C'est par là, dit Antoine.

Une pluie fine s'était mise à tomber, mais l'air était plutôt doux. Il n'y avait pas de vent. Le cantonnier désignait des fourrés épais de noisetiers et de chênes kermès situés à quelques mètres du lavoir.

– Vous êtes sûr ? demanda Lombric. C'est de là que provenaient les bruits que vous avez entendus ?

– Sûr, non.

Il hésitait et son regard parcourait les zones proches.

– Il y avait ce brouillard, vous comprenez ! Et ces cris de corbeaux qui se sont envolés lorsque je suis sorti de la voiture. Ça m'a désorienté, ne me demandez pas pourquoi.

– Vous avez eu peur ? interrogea Lombric.

– Pas vraiment. Je ne sais pas comment l'expliquer. Je n'ai pas cru que c'était important, sur le moment. Et puis j'ai repéré cette tache dans le lavoir. Je me suis approché pour voir.

– C'est tout à fait compréhensible, le rassura le détective. Il n'y avait aucune raison pour que vous prêtiez une attention particulière à un bruit dans la forêt. Je suppose que cela doit arriver souvent : une branche qui tombe, un animal qui s'enfuit…

– Oui ! Même qu'une fois, je me suis trouvé face à un chevreuil mâle, à une vingtaine de mètres ! Je n'en menais pas large ! Je commençais à calculer comment je m'échapperais s'il décidait de me charger ! Mais je crois qu'il a eu aussi peur que moi. Il s'est enfui.

Cependant, Lombric s'était enfoncé dans les bois. Les derniers mots prononcés par Antoine lui parvinrent alors qu'il s'était déjà bien avancé au-delà de l'orée. Le sol était trempé. Le détective prenait garde de ne pas marcher dans les flaques. La mousse cédait doucement sous ses pas. Des gouttelettes lui tombaient dans les cheveux, dans la nuque, dans le cou. L'odeur d'humus était intense.

Il respirait à pleins poumons.

Le même parfum que dans les Pyrénées.

Il se trouva bientôt devant le buisson désigné par le cantonnier. Il en fit le tour, se penchant pour scruter l'intérieur, écartant les branches. Il reçut encore plus d'eau sur la tête. Ses vêtements, peu adaptés, furent aussitôt trempés. Ses chaussures aussi. Et par voie de conséquence, ses chaussettes.

C'était le néant. Pas une trace au sol, rien d'étrange au milieu des feuilles de lierre sauvage, rien qui n'attirât son attention. Pas même une empreinte quelconque.

– Aucun indice ! hurla-t-il à l'adresse de l'élue et de son employé qui étaient restés sur le bord de la route. Je continue !

Et il se dirigea sur sa droite, effectuant un mouvement circulaire autour du lavoir. Celui-ci se détachait à travers la végétation, en contrebas. Le détective contourna un tronc imposant, se retrouvant en haut d'un petit talus. À ce moment, il voulut tenter un pas de côté pour rejoindre une sente, mais sa chaussure glissa sur un bout de bois humide. Lombric perdit l'équilibre et s'étala lourdement au sol. Ne pouvant contrôler sa chute, il dévala la pente sur un ou deux mètres.

– Tout va bien ? cria Françoise, qui avait perçu le raffut.

Le détective se frottait la fesse gauche, endolorie. Il ne prit pas la peine de répondre à madame la maire et continua son exploration. Redoublant de prudence, observant le sol avec méfiance, il finit par déboucher sur la route, à environ une centaine de mètres de distance de l'élue et de son employé. Ceux-ci lui firent un signe pour l'interroger. Il écarta les bras, les paumes ouvertes, pour leur montrer qu'il n'avait rien trouvé.

Il pénétra à nouveau dans les bois, de l'autre côté. Aussitôt, il tomba sur un sac poubelle vide. Il le ramassa et l'enfouit dans une poche, pestant contre l'incivisme des promeneurs.

Puis, au bout de dix minutes supplémentaires, alors qu'il revenait du côté du lavoir, Lombric poussa un cri rauque. Un *Oh !* long et puissant, dans lequel se mêlaient surprise et joie.

– Il a quelque chose ! s'exclama Antoine. Allons-y !

En effet, le Pyrénéen brandissait ses mains vers le ciel en exhibant des objets de couleur vive.

– Venez voir ! appelait le détective. Il y en a plein !

L'élue et le cantonnier se ruèrent vers lui, curieux de découvrir l'indice qu'il avait déniché.

Mais l'enquêteur tenait des champignons ! Alors qu'il s'apprêtait à quitter la forêt, il était tombé sur un tapis de girolles fraîches, crevant la mousse humide, grosses comme des oreilles de cochon.

– Des girolles !

Lombric, le visage fendu littéralement par un large sourire, s'excitait comme un gosse.

– Des girolles ! Il y en a partout !

Il les ramassait par grappes, prenant tout de même la peine de les débarrasser du bout de leur pied, rempli de terre mouillée. Pour cela, il avait sorti un Opinel dont il ne se séparait jamais.

– Ce soir, omelette ! triomphait-il.

Il fallut porter la récolte à trois, à la main, car personne n'avait de panier. Ils déposèrent les champignons avec précaution dans la malle de la voiture, sur un tissu quelconque.

– Ce sont des girolles tardives, fit remarquer Antoine sur le chemin du retour. Nous avons de la chance !

Lombric pensa qu'il disait « nous », comme pour partager la découverte. Cela l'amusa.

– Tout de même ! tempéra Françoise. Une chance limitée ! N'oublions pas que nous étions venus pour trouver une explication aux bruits que tu as entendus l'autre matin ! Or, nous ne repartons avec aucun indice à nous mettre sous la dent !

– Mis à part ceci ! plaisanta Lombric en exhibant le sac poubelle qu'il avait ramassé en bord de route.

Et, alors qu'il dépliait la poche noire en question, les trois complices purent constater ce détail horrifiant : la main du détective s'était soudainement remplie du sang qui s'écoulait en grande quantité de l'intérieur de l'objet. L'élue, qui conduisait, poussa un cri de surprise et freina brutalement. Le véhicule s'arrêta. Lombric eut le réflexe de lâcher le sac, le laissant tomber à ses pieds. Antoine, de son côté, se mit à gémir :

– Mais qu'est-ce que c'est que ça ?

Machinalement, le détective s'essuya les mains sur son pantalon, ce qui révulsa encore davantage la maire.

– Faites attention ! couina-t-elle. Il va y avoir du sang sur le siège ! Et sur le tapis aussi, ça coule !

Effectivement, cela coulait.

– Mais qu'est-ce que c'est ? répéta Antoine, sonné.

– Vous le voyez bien, non ? tonna Lombric, ouvrant la portière. Vous voulez toucher, pour vérifier ?

À présent, il frottait son pantalon pour ôter le liquide, ce qui l'étalait et le faisait davantage pénétrer dans le tissu.

– Bordel ! jura le Pyrénéen. Qui est-ce qui a…

– Mon tapis ! se désolait la septuagénaire en observant les traces foncées.

Il y en avait partout. Son tapis, elle pourrait le changer ! Par miracle, la housse du siège passager avait été épargnée. Sans doute parce que le pantalon de Lombric avait épongé la fuite.

– Débarrassez-vous de cette saleté ! ordonna madame Reynardeau. Dieu seul sait ce qu'elle a pu contenir !

Or, le détective faisait tout le contraire : il repliait avec soin le plastique et l'enfouissait à nouveau dans la poche de son blouson.

– Je regrette, madame, mais il est hors de question que je m'en « débarrasse », comme vous dites. Cela constituerait à coup sûr une faute professionnelle ! Est-ce que vous réalisez ce dont il s'agit ? D'un sac dégoulinant de sang, ramassé à quelques mètres du lieu de découverte d'un corps !

L'élue resta interdite un court instant, le regard perdu. Puis, elle enchaîna :

– Vous avez raison, plutôt deux fois qu'une ! Je suis stupide ! Je me laisse mener par mes émotions. Le voilà peut-être l'indice que nous cherchions !

– Vous voulez dire : une pièce à conviction ? rectifia Lombric. Il va falloir la faire passer aux gendarmes pour qu'ils analysent le sang. Si jamais ils découvrent que c'est celui de Grenadine, notre enquête va encore se compliquer !

– Mais qui a laissé cette saleté ici ? interrogea Antoine. C'est incroyable !

– Ça, j'aimerais bien le savoir !

– Et si c'était un chasseur ? hasarda Françoise. S'il y avait eu un gibier quelconque à l'intérieur ?

– C'est une hypothèse, bien sûr. Il ne nous reste plus qu'une chose à faire : rentrer. De mon côté, il faut que je me change. Du vôtre, vous devez contacter la brigade de Gramat. Ils doivent procéder aux analyses le plus vite possible !

16

La mort frappe encore

Samedi 29 octobre

Antoine avait ruminé la découverte de Lombric une bonne partie de la soirée.

Pour tout dire, il avait sa petite idée. Son intuition. Et celle-ci se basait sur son expérience : plusieurs fois, alors qu'il nettoyait les fossés ou les abords de la forêt, il avait fait la même trouvaille que ce détective fureteur la veille. Un ou plusieurs sachets contenant des restes de gibier sanguinolents.

Et il n'y avait pas eu de meurtre pour autant ! Faut pas voir le mal partout !

Précédemment, il avait mené une enquête discrète et rapide. Discrète, car il ne tenait pas à ameuter la population sur ces pratiques ; rapide, car il connaissait tous les chasseurs de Prayrac. Il avait posé des questions, l'air de rien : *tu étais où hier ? Tu as tué quoi ? Tu étais seul ?* Finalement, recoupant les informations recueillies, il savait.

Ce matin, au volant de sa voiture, il se dirigeait vers l'habitation du coupable.

C'était une maison de village située dans le bourg. Un peu tristounette, pas laissée à l'abandon, mais peu mise en valeur. Aménagée sur deux étages, avec des fenêtres étroites et de vieux volets en bois mal entretenus, sur lesquels on pouvait voir les stigmates des intempéries subies au fil du temps.

André, l'ex-petit ami de Grenadine, vivait seul. Son chez-lui, c'était sacré. Personne n'y pénétrait et surtout pas une femme. Et il valait mieux : l'intérieur l'aurait sans nul doute rebutée. Poils de chien, toiles d'araignées au plafond, recoins poussiéreux, miettes de pain sur les meubles. L'observateur attentif aurait même pu découvrir de minuscules débris de truffes, noir foncé, entre les interstices du parquet.

Le maître-cochon en mangeait souvent ; il prétendait que c'était son seul vice et son unique luxe. En règle générale, il plaçait les champignons dans une boîte métallique contenant des œufs du jour. Il les laissait s'imprégner plusieurs heures, en bas du frigidaire. Passé ce délai, il se délectait d'une omelette.

D'autres fois, il préférait en farcir la chair d'un faisan tué le jour même. Il faisait revenir la bête dans du beurre mélangé à de l'huile d'olive, puis, à la fin de la cuisson, il versait de la crème fraîche achetée à Ludovic, l'éleveur du village. Pas une de ces crèmes allégées dont on vante les mérites dans les publicités.

Un soir, Antoine l'avait vu saucer le jus avec du pain jusqu'à s'en rendre malade. Du pain de campagne bien épais, qu'il plongeait à l'envi dans le liquide gras et odorant.

– Nom de Dieu, que c'est bon ! jurait-il en se délectant.

Une tranche, du blanc de faisan posé dessus, un verre de rouge. André avait répété la manœuvre jusqu'à ce que le fond du plat soit raclé. Ses doigts et ses lèvres étaient luisants de graisse. Ses joues bien rondes transpiraient légèrement.

C'était après une journée de chasse, pendant laquelle la pause méridienne avait déjà été le prétexte à une goinfrerie.

Le résultat fut radical : André ne parvint pas au fromage, dont le plateau bien achalandé et tout proche l'attirait pourtant. Ce fut au-dessus de ses forces. Il se leva soudainement de sa chaise, une main posée sur le foie, et se dirigea à tâtons, comme un aveugle, en direction d'un fauteuil libre. Il se laissa choir à l'intérieur et s'endormit tout aussitôt, si vite que les convives se disputèrent pour savoir s'il s'était évanoui avant ou après qu'il s'affale.

Vers 9 h 30, Antoine frappa doucement à la porte. Les volets n'étaient pas ouverts, ce qui l'étonna tout d'abord, car André était un lève-tôt. Le samedi, il ne se rendait pas dans sa truffière en matinée. Mais il sortait des draps à l'heure où le coq chante. C'était ainsi. Il se lavait, se rasait de près, s'habillait comme pour aller à une noce, et, vers 10 heures, il rendait visite à sa mère qui résidait dans un EHPAD à Gramat. Sur le trajet, il s'arrêtait à une boulangerie et achetait des croissants au beurre. Ceux que sa maman préférait.

Personne ne répondait. Antoine cogna plus fort, mais rien n'y fit. Il entendit simplement le Golden Retriever d'André, derrière la porte, grogner de plaisir.

Le cantonnier actionna la poignée et entra.

– André ! lança-t-il, tu es encore sous la douche ?

Le chien l'accueillit en remuant la queue et en lui apportant une Charentaise de son maître. Ses yeux pétillaient de malice.

– André ! cria à nouveau le visiteur, tout en caressant l'animal et lui ôtant la pantoufle baveuse de la gueule. André ! C'est moi, c'est Antoine.

Le cantonnier grimpa à l'étage, suivi du Golden. En haut, il faisait sombre.

– C'était ouvert, je suis entré ! Tu ne m'en veux pas ? Il fallait que je te demande…

Il ne termina pas sa phrase. Alors qu'il venait d'éclairer la pièce principale, son pied droit buta sur une masse inerte, au sol. C'était André.

Antoine laissa échapper une exclamation mêlée de surprise et de peur. Le maître-cochon avait les yeux écarquillés et ceux-ci semblaient le fixer. Son crâne baignait dans une flaque noirâtre qui avait en partie imbibé le parquet. Dans celle-ci, une bûche trempait.

Le cantonnier, horrifié, dévala les escaliers et sortit de la maison sans prendre la peine de refermer la porte derrière lui. Il composa immédiatement le 17 sur son téléphone, tomba sur le central basé à Cahors, et tenta d'expliquer tant bien que mal qu'il avait découvert un cadavre. Son interlocuteur lui envoya une voiture qui patrouillait non loin de là. Elle arriverait dans moins d'une demi-heure.

Alors seulement, haletant et paniqué, Antoine appela Françoise.

Peu après, Lombric, madame la maire et le cantonnier se tenaient dans la rue, devant la demeure d'André. Ils observaient le va-et-vient des gendarmes.

– Qu'est-ce que tu as vu exactement ? questionnait l'élue. Il est mort comment ?

– Est-ce que je sais, moi ? Je l'ai trouvé allongé sur le sol, raide, le regard comme halluciné, me fixant comme pour me filer la frousse. Enfin, pas volontairement, je sais bien. Mais quand même... on aurait dit ! Il y avait du sang, beaucoup de sang. Un gros morceau de bois à côté. C'était écœurant. J'ai pris peur. Je me suis enfui.

– Il vous a semblé qu'il avait pu faire une chute ? s'enquit Lombric.

– Je ne sais pas... oui... non... peut-être.

– Réfléchissez bien : à quoi avez-vous pensé de prime abord lorsque vous avez vu la scène ? André allongé dans son sang... est-ce que cela vous a paru plutôt naturel, si j'ose dire, ou bien...

– Vous ne croyez pas qu'il a été... intervint la maire.

– Ou bien alors, continua l'enquêteur, avez-vous immédiatement compris qu'on l'avait agressé ?

– C'est-à-dire... hésita Antoine, avec la bûche à côté... je ne me suis pas posé la question. J'étais certain qu'on l'avait frappé.

– Comment était-il habillé ?

– En pyjama et en robe de chambre, je m'en souviens, car ça m'a surpris qu'à cette heure…

– Pourquoi vous trouviez-vous chez lui ? Aviez-vous rendez-vous ?

– Non, pas du tout ! Je voulais lui parler du sac poubelle.

– Quel sac poubelle ?

– Celui que vous avez déniché hier, dans la forêt.

– Pourquoi à lui ?

– Parce que… écoutez, je ne veux pas d'ennuis ! Je n'ai rien fait !

– En êtes-vous bien certain ? Mettez-vous à ma place : cela fait deux fois que vous vous trouvez en premier sur la scène d'un meurtre. Plutôt troublant, non ?

– C'est la malchance, le hasard ! Je venais voir André parce que je savais qu'il avait la sale manie de jeter des entrailles de bêtes dans des sacs en plein milieu de la forêt. Alors, je voulais lui demander…

– Pourquoi faisait-il ça ?

– Est-ce que je sais ? Il aimait nettoyer le gibier avant de rentrer chez lui, je suppose !

– Et vous avez pensé que c'était lui qui avait abandonné le sac d'hier ? Mais celui-ci ne contenait que du sang, rien d'autre…

– Ça n'empêche pas ! Le renard aurait pu venir et manger le reste… de toute façon, je voulais juste lui demander, histoire d'être sûr.

Lombric et Françoise échangèrent un regard entendu. Tous deux trouvaient que le cantonnier se défendait bien mal. Le détective soupira, puis tenta de s'approcher du cordon de sécurité pour interroger un agent. Pendant ce temps, madame la maire s'adressa à son employé :

– Antoine, t'as déconné là ! Les flics vont te soupçonner, c'est sûr !

– Mais…

– Est-ce que tu as touché à quelque chose à l'intérieur ? Trouveront-ils tes empreintes ?

– Je ne crois pas… j'ai ôté la pantoufle de la gueule du chien. Et puis… mon Dieu ! La poignée de la porte d'entrée ! Et l'interrupteur !

À ce moment, un militaire de la brigade cynophile prenait en charge le Golden du défunt. Et presque en même temps, un gendarme s'approchait d'Antoine.

– Monsieur, disait-il sans aménité, nous souhaiterions vous entendre. Je vais vous conduire au commissariat.

Et comme Lombric, qui n'avait pu parler à personne, revenait vers Françoise, il assista à la montée d'Antoine dans la voiture de la police locale.

– J'ignore si votre cantonnier est coupable, laissa-t-il tomber. Mais, selon l'expression consacrée, il me semble qu'il est mal barré !

17

Lombric cogite

Lombric déjeuna seul à l'auberge — du hachis parmentier de canard et de l'eau de Badoit — puis demeura enfermé toute l'après-midi. Vers dix-neuf heures, il se fit monter un porto et une part d'omelette aux girolles. Celles qu'il avait lui-même trouvées. Il remercia à peine Louise lorsqu'elle déposa son plateau.

– Alors, qu'est-ce qu'il fait ? demanda Daniel quand sa femme redescendit.

– Ben… rien !

– Comment ça ?

– Il est allongé, la télé est allumée, mais il ne la regarde pas. Il a les mains croisées derrière la tête.

– Il a aimé l'omelette que je lui ai préparée ?

– Il n'a rien dit. Je suppose que oui, car il a terminé son assiette !

– Tu crois qu'il va partir ?

– Pourquoi il partirait ?

– Mais parce qu'on a arrêté le coupable, tiens !

Louise eut une moue dubitative.

– Antoine ? Coupable ? Et pourquoi qu'il aurait tué la Grenadine et son André ?

Daniel allait répondre, mais Laurence, la photographe, pénétrait dans l'auberge à ce moment précis. Le patron demeura surpris, car son entrée constituait un petit évènement : la plantureuse trentenaire, qui avait fait un mariage heureux et adorait sa fille de quatre ans, ne mettait presque jamais les pieds dans l'établissement. Elle faisait partie de ces casanières qui s'épanouissent en famille. Et non en société. Et surtout pas le samedi soir, moment privilégié de quelques jeunes des villages alentour qui venaient boire et crier un peu plus que de raison.

Laurence remua sa superbe tignasse blonde jusqu'au bar. Ses yeux noirs et vifs portaient une certaine inquiétude.

– Laurence ? fit Daniel. Je te sers quelque chose ?

La femme, à la plus grande surprise des propriétaires, exhiba une photo de chat sur son téléphone portable et demanda :

– On a perdu Choupette ! Vous ne l'auriez pas vu dans le village ?

– Choupette ?

Daniel affichait une mine complètement ébahie. Ce fut Louise qui, après avoir jeté un œil à la photo, répondit :

– Ah ! Non ! Désolée ! Elle va sans doute revenir ! Elle doit chasser les mulots…

– J'espère ! Merci quand même… je continue mes recherches.

Laurence paraissait à bout. Elle fit semblant de sortir du bar, mais se ravisa au dernier moment. Elle retourna sur ses pas et demanda soudain en baissant le ton :

– Dites-moi, c'est bien chez vous que loge Plombic, ce détective qui pose des questions dans tout le village ? Vous savez pourquoi il ne m'a pas interrogée ?

– Il s'appelle Lombric, rectifia Louise en souriant.

– Lombric ? Comme le ver de terre ? C'est sûrement un nom d'emprunt !

– Peut-être…

– C'est ridicule ! Enfin, passons… alors, vous a-t-il dit s'il viendrait me voir ?

– Il n'est pas enclin aux confidences… répondit Daniel. Du genre ténébreux, tu comprends ? Mais je suppose qu'il te rendra visite tôt ou tard…

La photographe les remercia brièvement, toujours troublée, puis annonça qu'elle repartait à la recherche de *Choupette*. Elle s'éclipsa.

Les patrons échangèrent une œillade complice. Ils songeaient tous les deux à la même chose.

– Pourquoi elle est inquiète, celle-là ? lança Louise. Elle aurait pas des vérités à cacher, par hasard ?

Cependant, les premiers noctambules arrivaient. Deux garçons d'une vingtaine d'années entrèrent. Ils rigolaient bêtement en se tapant dans les paumes des mains. Ils s'étaient retournés sur le passage de Laurence, impressionnés par sa beauté. Ils s'approchèrent du bar et commandèrent deux pressions et un paquet de cigarettes.

D'autres suivirent : plusieurs couples très gais et parlant fort, une famille avec ses enfants désirant manger des pizzas, puis trois filles les yeux rivés sur leurs téléphones portables et consultant des *storys* sur les réseaux sociaux. Bientôt, l'auberge devint très animée et les clients enchaînèrent les verres de bière de plus en plus vite.

Depuis sa chambre, Lombric percevait les discussions et les rires des jeunes en dessous. Mais elles ne le dérangeaient pas. Les voix se mêlaient à celles de la télé et faisaient un fond sonore qui le berçait quelque peu.

Avant de sombrer dans le sommeil, il songea : *d'où pouvait-elle bien provenir, la bûche qui a tué André ?*

Le lendemain, dimanche 30 octobre, Lombric ne se montra guère davantage. On l'aperçut de bon matin boire un café à la hâte, au bar, et puis plus rien jusqu'à midi. Louise lui monta un croque-monsieur et un verre de vin rouge. Elle le trouva dans la même position que la veille.

– Vous n'avez pas pris froid, au moins ? s'inquiéta-t-elle. On est bientôt en novembre, le fond de l'air devient plus frais !

– Non, ça va, fit laconiquement le Pyrénéen.

– Vous désirez autre chose ?

– Non merci.

La patronne avait déjà franchi le seuil de la chambre lorsque le détective, se ravisant, la rappela soudain.

– Ou plutôt, si ! Pourriez-vous me conduire dans la demeure de François ?

– François ? Quel François ?

Louise refit quelques pas en direction du lit de Lombric.

– Vous en connaissez plusieurs ? lança l'homme.

– Oui… non… est-ce que, par hasard, vous parlez du simple d'esprit ?

– De lui-même !

– C'est que… j'ai du travail à l'auberge…

– Il habite loin ?

– À Gontal, je crois, le hameau juste à côté. Mais… je ne suis pas sûre ! Mon mari et moi, nous ne sommes pas là depuis longtemps, vous savez ! Et puis, je pensais que c'était madame la maire qui vous pilotait !

– En effet, vous avez raison. Mais, voyez-vous, je crains d'exagérer. Nous sommes dimanche, elle reçoit peut-être de la famille. Ou bien désire-t-elle se reposer ? Elle me trimbale depuis maintenant trois ou quatre jours, vous comprenez ? J'ai des scrupules !

Pour comprendre, Louise comprenait. Mais elle ne répondait pas. Ce qu'ignorait Lombric, c'est la jalousie extrême dont faisait preuve son mari chaque fois que sa femme se trouvait seule avec un homme. Et c'est à cela que cette dernière songeait, bien ennuyée, ne désirant pas avouer cela à son interlocuteur. Elle imaginait la figure décomposée de son bien-aimé en voyant Lombric la rejoindre dans sa voiture ! La crise qu'il lui ferait lorsqu'elle reviendrait !

– Peut-être, insista le Pyrénéen en mordant à pleines dents dans son croque-monsieur, que Daniel serait plus disposé à m'emmener ? C'est l'affaire d'une demi-heure, vous savez.

– C'est ça ! fit la femme, soulagée. Je vais lui demander !

Ils descendirent tous les deux et rejoignirent le mari, occupé dans la cuisine à enfourner une brochette de volailles. Le patron accepta tout de suite de conduire le détective.

– François ? Oui, c'est pas loin. Je l'ai aperçu l'autre jour dans son jardin. Mais je vous dépose et je repars aussitôt : je ne voudrais pas que mes excellents amis les poulets finissent trop grillés !

Il avait tenté d'imiter le caquètement de la poule de façon stupide, ce qui lui valut un coup d'œil réprobateur de sa femme. Il l'ignora et désigna à Lombric les gallinacés empalés dans la rôtissoire, qui commençaient déjà à tourner sur eux même, dans une danse macabre et ridicule.

Lombric répondit qu'il comprenait parfaitement et, quelques minutes plus tard, le patron le déposait dans le hameau de Gontal. Il l'arrêta devant l'habitation du simplet et repartit dans l'autre sens une fois que son passager fut descendu de la voiture.

Lombric s'approcha. Une femme âgée et corpulente se trouvait là, qui ramassait des feuilles mortes avec un râteau. L'enquêteur l'apostropha en se présentant et lui demanda à rencontrer son fils.

– François ? C'est encore pour un interrogatoire ? Les gendarmes l'ont vu deux ou trois fois, déjà !

– Ne vous inquiétez pas, la rassura Lombric. Ce sera court. Et vous pouvez rester si vous le souhaitez.

– Je croyais qu'on avait arrêté le coupable !

La mère fit une moue contrariée, mais finit par rejoindre la maison. Elle en ressortit peu après, accompagnée de François. Ce dernier, un quadragénaire maigrelet au regard doux, se montra aimable d'emblée, sans aucune timidité ou inhibition :

– Veuillez m'excuser, monsieur, je parlais avec Jacques Brel au téléphone !

Lombric demeura éberlué un court instant, avant de remarquer le signe de main de la maman, située légèrement en retrait, qui signifiait qu'il ne devait pas s'attarder là-dessus. Puis, il se souvint de sa discussion avec le docteur de Leyme, qui lui avait décrit la pathologie de François.

– Parfait ! fit le détective avec le plus grand sérieux. Comment va-t-il ?

– Il travaille à son nouveau disque. Mais je ne suis pas censé en dire plus.

– Il vous a demandé d'être discret ?

– Exactement !

– Tout à fait compréhensible. Puis-je vous poser deux ou trois questions ?

– Avec plaisir !

– Merci beaucoup. C'est par rapport à mardi dernier : vous avez dit que vous aviez vu Grenadine dans sa voiture, depuis les bois.

– C'est la vérité.

– Je n'en doute pas, soyez-en sûr. Je me demandais simplement si vous vous souveniez de la couleur de sa robe…

– De sa robe ?

Le dénommé François affichait soudain un air contrarié, presque boudeur. Il plissait les traits du visage comme un enfant frustré qui ne contient pas ses émotions.

– De sa robe ? répéta-t-il. Mais enfin ! Vous êtes idiot !

Nouveau signe de la maman pour relativiser les paroles de son fils.

– C'est possible ! approuva Lombric… vous n'avez pas eu le temps de repérer ce détail, n'est-ce pas ?

– Ce n'est pas ça ! Pas du tout ! s'esclaffa le simple d'esprit. Je ne pouvais pas voir sa robe, ou tout autre vêtement en dessous pour la simple raison qu'elle portait un imperméable ! Et un chapeau aussi, si vous voulez savoir ! C'est d'ailleurs ce qui m'a permis de la reconnaître !

Le détective sourit. François, lui, avait rebroussé chemin sans prendre congé et il regagnait déjà la maison à cloche-pied, sautant de dalle en dalle comme un enfant qui joue à la marelle.

Soudain, Lombric le vit se taper le front avec la main droite et faire demi-tour. Il revint précipitamment sur ses pas.

– N'oubliez pas, lui chuchota-t-il à l'oreille. Demain, c'est le 31 octobre. C'est l'anniversaire d'Éva !

– Oui, bien sûr, approuva l'enquêteur sans sourciller.

– N'oubliez pas ! répéta François. Elle fête ses cent soixante ans !

Et il s'éclipsa à nouveau, en se retournant plusieurs fois pour adresser des clins d'œil à son interlocuteur.

– Je suis désolé, expliqua sa mère lorsque son fils eut disparu. Vous savez, il n'a plus toute sa tête et…

– Ne vous inquiétez pas ! Il m'a donné la réponse que j'espérais !

– Vraiment ? s'étonna la vieille. Il n'a pour ainsi dire pas parlé…

– Vous n'êtes pas sérieuse ! s'exclama alors Lombric, emphatique. Ou bien vous ne l'avez pas écouté ! Il nous a pourtant révélé une information capitale !

– Mais… laquelle ?

– Il nous a dit que Jacques Brel préparait son prochain disque ! C'est un véritable scoop, ou bien je ne m'y connais pas !

Lombric rentra à pied, satisfait et amusé.

Cette marche forcée de quelques kilomètres ne dérangea pas le détective. Lorsque son emploi du temps le lui permettait, il en faisait de semblables sur les routes pyrénéennes. Il y puisait le calme et les odeurs qu'il aimait tant. Et cela constituait pour ainsi dire son seul exercice physique.

Il suivait un chemin bordé de pâturages au milieu desquels s'insinuait une rivière. Les oiseaux l'accompagnaient, voletant autour de lui, piaillant, semblant se moquer de sa bedaine qui rebondissait doucement à chaque pas.

Complètement timbré, ce François ! Mais sacrément observateur ! Il est allé jusqu'à repérer l'imper et le chapeau de Grenadine. Comme quoi, même fou, on ne l'est jamais tout à fait.

En tout cas, je serais curieux de savoir qui va m'expliquer pourquoi Grenadine portait son manteau dans la voiture... et pourquoi on a retrouvé celui-ci au fond du lavoir, sous le corps de la victime. Il n'y a rien là-dedans qui corresponde à une quelconque logique. Je m'y attendais !

Il ne pouvait pas en être autrement.

18

Et si…

Lundi 31 octobre.

Dans la matinée du lendemain, Lombric reçut un appel de la part du garagiste local. Ce dernier lui annonça qu'on devait lui livrer la pièce défectueuse dans la journée, et qu'il la changerait aussitôt. Il fallait quelques heures de main d'œuvre. Mais le détective pourrait récupérer son véhicule le mardi, comme prévu.

Lombric rejoignit l'entrée de l'auberge pour prendre le petit-déjeuner et salua Louise, qui s'affairait derrière le comptoir. Elle lui demanda comment s'était passée la rencontre avec François Pasdeloup.

– Oh ! Avec ce genre de personnes, on ne sait jamais à quoi se fier.

– C'est sûr ! Il n'a plus toute sa tête, le malheureux ! Vous pensez que c'est lui qui a tué Grenadine ? Vous ne croyez pas à la culpabilité d'Antoine ?

– François, l'assassin ? Si c'était le cas, il ne serait pas jugé, mais interné. Franchement, je me demande s'il aurait pu élaborer ce crime.

– Antoine, alors ?

– Antoine ? Peut-être…

– Pourquoi il aurait tué Grenadine et son petit ami ? Une querelle ? Une vengeance ?

– Pourquoi ? Avant de répondre à cette question, certes essentielle, je m'intéresse plutôt à son alibi du mardi matin… il a prétendu qu'il travaillait dans le cimetière entre huit heures et dix heures trente…

– C'est exact ! Je l'ai bien vu, monsieur Lombric.

Daniel venait de surgir de sa cuisine, une bouteille de lait dans la main droite et une casserole dans l'autre.

– On s'est même parlé ! ajouta-t-il.

– Mais… s'étonna Lombric, vous ne vous trouviez pas dans l'auberge, mardi dernier ?

– Si, bien sûr ! Mais je me suis absenté entre neuf heures moins le quart et dix heures environ, le temps de me rendre à Gramat pour faire quelques emplettes. Je voulais préparer des légumes farcis pour le soir et il me manquait du veau et du pain de mie.

– Très bien ! Et vous avez vu Antoine à l'aller et au retour ?

– Exactement. Vers neuf heures, il était près des poubelles et jetait des fleurs artificielles. C'est à ce moment que j'ai baissé la vitre pour le saluer.

– Il vous a paru comment ? Nerveux ?

– Comme d'habitude. Gentil, souriant. Prêt à profiter de la première pause qui s'offre à lui pour bavarder.

Lombric pesait les mots de Daniel et mesurait peu à peu l'importance de son témoignage.

– Et lorsque vous êtes revenus de Gramat, vers dix heures donc, Antoine était encore au même endroit ?

– Oui, mais à l'intérieur du cimetière cette fois. Je l'ai aperçu de dos. Il m'a semblé qu'il balayait autour d'une tombe.

– Troublant ! estima Lombric. Lorsque je l'ai interrogé, Antoine ne m'a pas dit vous avoir parlé !

– Oh ! Vous savez, il est souvent dans la Lune ce garçon…

– Pourquoi tu n'as pas raconté cela avant ? intervint Louise. C'est sûrement important pour ce pauvre Antoine ! À l'heure actuelle, il est chez les flics. Peut-être qu'avec ce que tu viens de nous dire…

– Personne ne m'a rien demandé ! se justifia Daniel. Vous pensez que je devrais me présenter au commissariat, monsieur Lombric ?

– Certainement, approuva le détective. Vos propos n'innocentent pas complètement Antoine, puisqu'il s'est déroulé une bonne heure entre vos deux passages. Toutefois, vous confirmez ses dires : il a bien travaillé dans le cimetière ce matin-là. Donc, cela pourrait écourter sa garde à vue.

– Ils peuvent l'interroger longtemps ? demanda Louise.

– Vingt-quatre heures, renouvelables une fois si le juge estime qu'il y a des éléments solides pour sa mise en examen ; en principe, on garde le suspect le temps d'enquêter sur ces éléments-là, et aussi pour éviter que celui-ci détruise des preuves ou prévienne d'éventuels complices.

– Et ensuite ? Il faut obligatoirement le relâcher après quarante-huit heures ?

– Sauf pour les affaires de terrorisme, qui prennent hélas de plus en plus d'importance de nos jours. Mais pour de simples assassinats ou meurtres, si j'ose dire, le juge doit décider d'une mise en examen ou d'une libération.

– Vous dites *assassinats ou meurtres*... ce n'est pas pareil ?

– Oh que non ! L'assassinat est bien plus grave ! Il a été planifié, et donc il est puni bien plus sévèrement par la justice !

Louise et Daniel échangèrent un regard qui en disait long. La même question leur brûlait les lèvres à tous les deux.

– Et pour Grenadine ? s'enquit la patronne, vous pensez que le monstre qui a fait ça avait prémédité son crime ? Mais pourquoi ? Une vieille dame si gentille !

– Non, je ne crois pas à la préméditation pour notre affaire, tempéra Lombric. J'entrevois une personne intelligente qui a élaboré un plan à la va-vite. Un plan qui tient la route. Mais, d'une certaine manière, improvisé. Et c'est pourquoi je finirai bien par découvrir la vérité !

Lombric ramenait ses pectoraux vers l'avant tout en affirmant cela. Il affichait un sourire d'autosatisfaction tout en terminant son bol de café. Il allait sans doute argumenter, expliquer à ses interlocuteurs pourquoi il devait immanquablement confondre l'assassin, mais une entrée inattendue et soudaine l'en empêcha.

Laurence, la bellissime photographe, venait de passer la porte de l'auberge, pour la deuxième fois en moins de vingt-quatre heures.

Elle se dirigea droit vers le détective, ignorant les regards médusés des patrons.

– Monsieur Lombric, je me présente : je suis Laurence, photographe dans le village. Je constate que vous m'écartez délibérément de vos recherches. Pourrions-nous remédier à cet oubli ? Je voudrais vous parler !

L'enquêteur demeura sans voix un court instant, assailli par les effluves miellés que dégageaient les cheveux de la trentenaire. Souvent, il avait eu l'occasion d'admirer des yeux de femmes sûres d'elles, de leur charme, des yeux de biche qui vous feraient faire mille bêtises ; mais rarement il avait pu fixer un regard dans lequel il décelait autant de trésors : assurance, certes, mais aussi sensibilité, intelligence, pénétration.

Il hocha simplement la tête en guise d'acceptation et indiqua à la visiteuse le chemin de l'escalier.

– Si vous voulez bien me suivre…

Il la guida jusqu'à sa chambre et l'invita à entrer.

– Je ne tenais pas à ce que Louise et Daniel entendent notre conversation, dit-il en préambule.

– Et moi encore moins ! Vous en jugerez au fur et à mesure…

Laurence prit place sur le lit du détective, les deux jambes sur le côté, un peu comme si elle montait sur un cheval en amazone.

Diable ! songeait Lombric. *Elle est irrésistible ! Et si c'était elle ? Mais pourquoi ? Quel intérêt ?*

– Je suis une femme mariée et j'ai une fille de quatre ans que j'adore. Au même titre que Tiano, mon mari. Et pourtant, je suis un monstre, monsieur Lombric. Une diablesse infâme !

Ça y est, elle va avouer !

Lombric, assis face à la photographe, sur une chaise à l'étroit, avait bien du mal à ne pas fixer le dessus de ses genoux, qui se dévoilait au gré des mouvements de la blonde.

– Je suis infidèle, monsieur Lombric. Depuis quatre ans !

– Ah ? Et vous pensez que…

– Je ne vous demande pas de me juger. Mais je sais que si vous continuez à fureter à droite et à gauche, comme vous le faites depuis quelques jours, vous allez finir par découvrir le pot aux roses.

– Et ?

– Je ne tiens pas à ce que Tiano soit au courant. Il ne mérite pas cela. Je n'arrive pas à résister, je m'en veux tous les jours que Dieu me donne.

– Je vois… vous venez solliciter ma discrétion. Je vous rassure tout de suite : si votre liaison n'a rien à voir avec mon enquête, je n'aurai aucune obligation de la dévoiler.

– Absolument rien !

– Alors, tout est pour le mieux dans le meilleur des mondes.

– Je vous remercie !

Laurence se levait déjà et s'apprêtait à quitter la chambre. Mais Lombric la retint :

– Pourtant… laissa-t-il tomber avec une pointe de langueur dans le ton.

– Oui ? demanda la photographe en se retournant.

– Pourtant, reprit l'homme, maintenant que vous m'avez avoué ceci, vous ne pouvez pas vous arrêter en si bon chemin.

Son interlocutrice le regarda de biais, comme s'il plaisantait, presque outrée.

– Pardon ? fit-elle froidement.

– Je vais vous mettre à l'aise : en tant que détective, j'ai souvent rencontré des maris et des femmes inconstants. Je n'irai pas jusqu'à dire que c'est la règle générale, mais je n'en pense pas moins. Eh bien ! Vous pouvez me croire : jamais, au grand jamais, je n'ai manqué de respect ou de discrétion à l'un ou à l'une. Jamais je n'ai publié leur affaire sur la place publique ! Et il en sera de même avec vous : votre mari ne saura rien de ma bouche. Je vous l'assure. Et c'est pourquoi je vous demande de tout me dire.

– Pardon ? répéta Laurence.

– Pour les besoins de l'enquête. Pour mon petit puzzle personnel, si vous préférez. Je recueille toutes les informations disponibles. Et vous devez bien admettre qu'une affaire d'adultère, même secrète, ne doit pas échapper à ma connaissance. Tant de crimes en sont la conséquence directe ou indirecte !

– De sorte que vous désirez que je vous révèle…

– L'identité de votre amant, madame.

– Vous êtes terriblement indiscret !

Laurence affichait à présent un air de petite fille contrariée et butée qui ne sait pas quelle suite elle va donner à une requête.

– Je vous rappelle que c'est vous qui êtes venue me trouver…

La trentenaire se rassit face à Lombric et se racla la gorge. Tout indiquait qu'elle surmontait sa honte. Elle soupira. Puis elle raconta d'une voix hésitante :

– Il y a quatre ans, lors d'une séance photo dans mon ancien studio, j'ai connu Paul. Il accompagnait sa femme qui était enceinte qui avait rendez-vous pour des prises de vue. Ça a été le coup de foudre, le vrai. Des deux côtés. Quand il est revenu deux ou trois jours après pour récupérer les tirages, nous sommes tombés dans les bras l'un de l'autre. Le pire, c'est que moi aussi, j'étais enceinte. De quatre mois.

– Vous vous voyez toujours ?

– Oui. C'est plus fort que nous.

– Dans le village ? Plutôt risqué !

– Non. Les premiers temps, nous nous sommes retrouvés dans le marais de Bonnefont. Ensuite, nous avons pris l'habitude de nous donner rendez-vous dans un hôtel de Gramat.

– Sa femme est au courant ?

– Non, pas plus que mon mari.

– Et vous comptez… je veux dire : vous vous aimez ? Vous imaginez un futur ensemble ?

– Nous nous aimons, oui. Mais nous aimons également nos conjoints. C'est assez compliqué !

– En effet ! En somme, il s'agit d'une histoire à quatre, mais tous les acteurs ne sont pas au courant de la totalité de leur rôle…

Laurence garda le silence. Elle ne paraissait pas disposée à donner suite au ton goguenard de Lombric.

– Je vous taquine, la rassura le détective. Ne le prenez pas au premier degré. Je n'ai en réalité aucune envie de vous dénigrer.

Et comme la photographe demeurait muette :

– Il vous reste seulement à me renseigner sur ce fameux Paul : où vit-il ? Que fait-il ?

– Il réside à Gramat, justement. Il est gendarme.

Lombric marqua une hésitation, un instant surpris.

– Gendarme ?

– Oui, maître-chien.

Il y avait en effet une brigade cynophile réputée à Gramat. L'enquêteur hocha la tête lentement pour signifier qu'il la connaissait. Il se souvenait l'avoir repérée devant la maison du défunt André.

– Savez-vous s'il travaille sur les meurtres de Grenadine et d'André ?

– Je n'en ai aucune idée. Nous ne nous sommes pas rencontrés depuis une quinzaine de jours.

Après tout, peu importe ! songeait Lombric. *Je ne vois pas l'utilité de prolonger son supplice. Je pense qu'elle est dans une attitude sincère. Elle a peur de perdre sa famille. Elle est plus à plaindre qu'autre chose.*

– Vous avez été très coopérative, fit-il ! Sachez que je comprends et que j'apprécie votre démarche. Je vous promets d'être muet comme une tombe.

Laurence se leva, visiblement soulagée. Elle rejoignit la sortie de la chambre en se fendant d'un simple *bonsoir,* prononcé d'un ton volontairement neutre.

Comme elle passait devant lui, Lombric put sentir les effluves sucrés et puissants émanant de ses aisselles.

J'ai rarement eu affaire à une femme autant stressée ! Quelle personnalité ! Quelle prestance ! Quelle fragilité ! Je me demande où démarre sa part de mystère et où s'arrête celle de sa sincérité !

19

Investigations dans Brive

L'idée lui avait été suggérée par Frédérique, l'élue municipale.

C'était une petite bonne femme toute mince, presque trop, le visage quelque peu marqué et affichant une fausse bonhomie. Quel âge pouvait-elle avoir ? Quarante ? Quarante-cinq ? Davantage ? Ses cheveux blonds et courts, coiffés sans véritable minutie, à la garçonne, à la sauvage, rendaient le pronostic difficile.

Celle-ci s'était installée à côté de Lombric alors qu'il terminait sa côtelette d'agneau. Elle avait commandé un café et deux parts de gâteau aux noix. Elle en avait poussé une vers la tasse du détective. Puis elle avait parlé. Longtemps.

D'abord, elle avait critiqué l'équipe municipale en place. Madame Reynardeau n'en faisait qu'à sa tête depuis plus de dix ans ; elle ne se souciait jamais des conseils des élus de l'opposition ; sa gestion des conflits était désastreuse, son bilan financier cataclysmique.

Soudain, sans prévenir, Frédérique avait fait une digression : elle s'était mise à louer la délicatesse de la texture du gâteau qu'elle trempait par petits morceaux dans son café, récupérant les miettes avec sa cuillère et les bouts de cerneaux de noix au fond de la tasse.

Lombric peinait à s'empêcher de bâiller. Il cherchait une excuse valable pour s'échapper lorsque son interlocutrice changea encore de thème.

– On vous a dit, pour monsieur Tabac ? lança-t-elle à brûle-pourpoint.

– On m'a raconté beaucoup de choses, dit prudemment l'homme, l'attention réveillée.

– Je suis sûre que vous ne connaissez pas l'essentiel ! Je l'ai vu entrer, moi, dans ce magasin ! Et il en est ressorti avec un grand sac.

– Quel magasin ?

— *Le numismate,* à Brive. Au centre-ville.

— *Le numismate*, vous dites ? Mais qu'est-ce qu'il serait allé faire chez un collectionneur de…

Lombric ne finit pas sa phrase. Il venait de faire le lien avec son affaire.

– Quel simple d'esprit je fais ! Oui, bien sûr ! Quand l'avez-vous vu ?

– Oh ! Cela remonte à quelque temps. Plus de trois ans, puisque ma petite fille n'était pas encore…

– À qui en avez-vous parlé ? la coupa Lombric. C'est peut-être très grave !

– Eh bien ! Je ne sais plus… je crois que…

Frédérique s'emmêlait les pinceaux, bousculée par le détective.

– Oui, c'est ça : sur le moment, je n'y ai pas prêté beaucoup d'importance. J'ai gardé ça pour moi. J'ai oublié. Mais quelques jours plus tard, j'ai rencontré André qui sortait de chez Grenadine. Ce devait être un matin. On a papoté. Puis la discussion a tourné autour de monsieur Tabac. André l'a traité de « vieil avare », en rigolant. Je crois que c'était parce qu'il exigeait que le loyer de Grenadine tombe pile le premier de chaque mois. Enfin, peu importe. À ce moment-là, ça m'est revenu et je lui ai dit que je l'avais vu entrer dans une boutique de monnaies.

– Et qu'est-ce qu'il a répondu, André ?

– Il a rigolé ! Je m'en souviens très bien. Il a fait une allusion du genre : « Il va faire fondre son or », ou quelque chose de proche. Même que c'était idiot, car ce n'est pas dans ce type de magasin qu'on…

– En avez-vous parlé à quelqu'un d'autre ?

– Non, je ne crois pas ! Mais je ne suis pas sûre ! C'était il y a longtemps, je vous l'ai dit. Après cette discussion, je n'y ai plus pensé. Jusqu'à ce qu'on le retrouve mort, l'André. J'ai bien fait de vous raconter ça ?

– Assurément !

– Qu'allez-vous faire ? En parler à la police ?

– C'est possible. Je vais surtout me rendre à Brive.

Deux heures plus tard, Lombric se trouvait une nouvelle fois dans la voiture de Françoise. Ils filaient en direction de Brive.

– Vraiment, madame la maire, je suis désolé ! expliquait Lombric. Je récupère mon véhicule demain ; je ne comptais plus vous solliciter pour faire le taxi. Mais j'ai eu un entretien important ce midi, qui m'a convaincu que je devais me rendre dans un certain magasin de Brive au plus vite.

– Mais voyons ! se défendit l'élue. Je vous ai proposé depuis le début d'être votre guide ! Ne vous gênez pas ! C'est tellement palpitant, de suivre votre enquête à la minute ! Avec qui avez-vous parlé ? Que vous a-t-on dit ?

– C'est Frédérique, elle m'a…

– Elle ! C'est une vipère !

– Vous savez, je ne suis pas là pour la juger. Je la considère comme témoin, et je l'écoute en cette qualité.

– Que vous a-t-elle dit ? Elle a sûrement essayé de se donner de l'importance, vexée par le fait que vous l'ignoriez jusqu'à présent. Je la connais si bien !

Lombric soupira. Son regard portait sur le bas-côté de la route, le long duquel il observait des piquets multicolores d'environ un mètre, placés à intervalles réguliers, et surmontés d'une sorte de boîte en aluminium. Cela l'intriguait.

– Cela dit, je comprends que vous vouliez vérifier son témoignage. Surtout si vous croyez que…

– Je me demande à quoi peuvent bien servir ces trucs, tout le long ! coupa Lombric qui suivait le fil de sa pensée. Là ! Regardez ! Encore un !

– Ce sont des réflecteurs, répondit la maire non sans impatience. Ils reflètent la lumière des phares à cent quatre-vingts degrés, ce qui est censé effrayer les animaux et les empêcher de traverser les routes la nuit. On évite ainsi les collisions avec les véhicules.

– Ingénieux ! applaudit le passager. Génial, même !

– Vous avez changé de discussion, Monsieur Lombric.

– Hein ? Moi ?

– Oui, vous.

– Comment cela ? De quoi parlions-nous ? Ah ! Oui ! De Frédérique. Je vais vous dire : elle m'a lancé sur une piste prometteuse. Je crois que si nous la suivons jusqu'au bout, elle nous dévoilera ce que contenait la boîte qui a été dérobée chez monsieur Tabac lors du cambriolage !

– Sérieusement ? C'est passionnant ! Pourrai-je vous accompagner dans vos investigations ?

– Mais vous êtes déjà là, madame, et il n'est pas question que vous me quittiez ! J'ai besoin de votre éclairage. Et je pense que vous devrez également contacter les enquêteurs de la gendarmerie pour leur faire part de notre découverte. C'est vous qui faites le lien avec eux.

Peu après, les deux comparses atteignirent le cœur de Brive. Françoise gara sa Peugeot dans un parking souterrain et demanda :

– Où allons-nous ?

– Pas très loin, près de l'église.

Tous deux traversèrent le boulevard de Puyblanc, un boulevard qui ceinture le centre-ville, et se retrouvèrent bientôt dans des voies commerçantes animées.

Le *numismate* se trouvait à l'angle de deux rues piétonnes. La vitrine du magasin faisait la part belle aux vieilles monnaies, aux cartes postales et aux timbres rares. Lombric se mit à siffler d'étonnement lorsqu'il constata le prix de quelques exemplaires : *préoblitéré numéro 35, état luxe, 20 000 euros. Variétés sans phosphore, collection de 300 timbres, 10 200 euros. Napoléon numéro 9, avec gomme, état ++, 9 700 euros.*

– Venez, intima Lombric à l'élue municipale qui paraissait très surprise, vous ne serez pas déçue !

Ils pénétrèrent dans la boutique, qui était très étroite. Le vendeur était assis derrière un comptoir et examinait des cartes postales. Lorsqu'il leva la tête vers les deux enquêteurs, ceux-ci purent découvrir ses yeux minuscules qui furetaient à travers des verres épais.

– Que puis-je pour vous ? interrogea l'homme.

C'était un vieillard. Le poids des ans lui écrasait les épaules et les cervicales, comme un bossu.

– Bonjour, fit simplement Lombric en tendant sa carte officielle de détective.

Le vendeur examina le document et soupira :

– Vous ne ressembliez pas à des clients, ça non ! Vous cherchez quelque chose ou quelqu'un ?

– Pas exactement, dit Lombric. Madame la maire de Prayrac et moi-même enquêtons sur un meurtre qui a eu lieu dans son village. Et une piste nous a conduits jusqu'à chez vous.

– Diable ! Vous me prenez pour un assassin ?

– Du tout, rassurez-vous ! Mais nous savons qu'une personne mêlée plus ou moins directement à l'affaire s'est rendue dans votre magasin. Nous aimerions que vous nous disiez ce qu'elle vous a acheté.

– C'est bien, c'est bien ! Je vois. Comment s'appelait-elle ?

– Monsieur Tabac.

– Monsieur Tabac ? Connais pas ! Et je peux me vanter d'avoir une excellente mémoire des noms !

– Il s'appelait Roger Florimont-Beuve, précisa Françoise. Monsieur Tabac était un sobriquet.

– Alors là ! Oui, bien sûr ! C'est tout différent ! Monsieur Florimont-Beuve, un client très fidèle ! Comment va-t-il ?

Lombric et l'élue se regardèrent, nettement gênés. Bien évidemment, il n'y avait aucune raison concrète pour que le vendeur soit au courant du décès de monsieur Tabac.

– Il est mort, cela fait huit jours. Je suis désolé, expliqua le détective.

– Oh ! Quelle peine ! Il était client depuis tant d'années ! C'est lui qui a été tué ?

– Vraisemblablement pas, dit Lombric. L'affaire est un peu compliquée… mais il semblerait qu'il soit parti de mort naturelle.

– Mais alors…

– Notre venue a pour but de connaître la raison des fréquentes visites de monsieur Florimont-Beuve chez vous. Pourriez-vous nous renseigner ?

– Bien sûr ! Il n'y avait rien d'illégal, vous savez. Vous risquez d'être déçus… laissez-moi sortir sa fiche client.

Le vieil homme souleva plusieurs chemises au papier jauni. Il ne se servait visiblement pas d'ordinateur pour sa comptabilité. Il travaillait à l'ancienne.

– Voilà ! dit-il après avoir ouvert plusieurs tiroirs de son bureau. Votre ami venait depuis…

Ses doigts longs et fripés feuilletaient les factures en tremblotant.

– Son premier achat a été fait le 5 février 1979 ! Ça remonte à quelque temps ! Une pièce en or datant de l'an XII. 1803 ou 1804 si vous préférez. Napoléon Premier Consul, 40 francs. Un bel investissement !

– Un Napoléon en or ? Est-ce que ça coûte cher ? demanda Françoise.

– Ben à l'époque, c'était raisonnable. Mais avec cet or qui grimpe tout le temps... une pièce qui pèse 12-13 grammes, comme celle-là, en très bon état, elle vaut bien dans les 1500 euros maintenant !

– Pas mal ! s'exclama Lombric. Et il vous en a acheté beaucoup, des pièces ?

Pour toute réponse, le vendeur extirpa la totalité des bordereaux afférents au dossier de monsieur Tabac. Cela représentait une liasse épaisse de plus de dix centimètres !

– Regardez ! Regardez vous-même ! jubilait le vieil homme. Il venait deux ou trois fois par an, votre monsieur Tabac ! Attendez un instant...

Et il entreprit de faire le compte des factures.

– Vingt, vingt-et-un... ce n'est pas difficile, il prenait toujours de l'or, et toujours des Napoléon premier. Un très bon choix ! Trente-six, trente-sept... oui un bon choix, car au prix de la masse d'or s'ajoute celui de la marge de rareté... cinquante-deux, cinquante-trois... la marge de rareté, c'est celle qui est donnée par le nombre de tirages de la pièce... soixante-douze... moins il y a d'exemplaires, plus elle est recherchée par les collectionneurs… quatre-vingt-dix-huit… tenez, il y en a qui ont été faites à Turin ! Vous vous rendez compte ! Lorsque la France occupait l'Italie. Celles-là, elles valent le coup… cent onze, cent douze, cent treize, cent quatorze. Voilà !

– Cent quatorze pièces ?

– Pas plus, pas moins.

– Toutes cotées 1500 euros ?

– Certaines plus chères, d'autres non. Je pourrai vous faire le total exact si vous le souhaitez. Je dirais qu'il y en a pour environ entre 150 000 et 200 000 euros.

Lombric affichait un sourire bienheureux, un de ces sourires qu'il arborait lorsque ses enquêtes progressaient subitement. Il voulut partager sa joie avec Françoise Reynardeau, mais celle-ci semblait comme paralysée de surprise. Elle fixait encore la liasse de factures, le regard perdu dans le vide.

– Le voilà, notre magot ! Le voilà ! se réjouit le détective. C'est ça qu'il y avait dans la boîte qu'on a volée chez monsieur Tabac ! J'en suis sûr ! Et le voilà, notre mobile ! Cent quatorze pièces d'or ! Quel trésor irrésistible ! Cette pauvre Grenadine était au courant, c'est évident ! Et on l'a tuée pour ça, la malheureuse.

20

L'enquête progresse

– Mais enfin ! s'étonnait Françoise Reynardeau sur le chemin du retour, comment êtes-vous certain que ces pièces d'or soient le mobile du meurtre de notre malheureuse Grenadine ? Je ne vois aucun lien entre ce cambriolage et cet acte odieux ! Et André ? Que vient faire sa mort au beau milieu de tout ça ?

Lombric l'écoutait tout en observant ses mains plutôt grosses pour une femme. Celles-ci maniaient le volant avec dextérité et sûreté. À travers ses mouvements bien maîtrisés, on ne pouvait deviner l'âge de la conductrice, qui avait dépassé les soixante-dix ans.

– Vous m'entendez ? relança l'élue. Je déteste quand je vous parle dans le vide, comme ça ! Je vous en prie, répondez-moi !

Le détective laissa échapper un ricanement sarcastique. Vraiment, il éprouvait de la sympathie pour cette bonne femme encore remplie d'énergie et qui le bombardait de questions.

– Oui, madame la maire ! obéit-il, comme s'il se mettait à ses ordres. Vous désirez savoir pourquoi je pense que les pièces d'or forment le mobile du meurtre de Grenadine ? C'est une intime conviction : il est impossible que, dans une même affaire, dans un même village, la présence d'un magot alléchant et le fait que deux assassinats aient lieu ne soient pas liés, de près ou de loin. Je vous l'ai déjà dit : je ne crois pas aux coïncidences !

– Bon, c'est d'accord ! admit Françoise. C'est troublant. Si je vous suis bien, il nous importe donc de savoir qui était au courant de l'existence du trésor.

– C'est ce que je répète depuis la semaine dernière ! Mais, dans un premier temps, vous m'avez dit que monsieur Tabac était cachottier ; puis, Claude, votre premier adjoint, et son meilleur ami, l'a confirmé. Selon vous, il n'aurait parlé à personne d'une planque renfermant une fortune chez lui…

– C'est la vérité.

– Dans ce cas, il ne reste plus que votre conseillère préférée : Frédérique. Elle a fait allusion devant moi à une vieille discussion avec André justement, le petit copain de Grenadine. Mais de là à déterminer exactement ce qu'ils se sont dit…

L'élue opposa un sourire forcé à la boutade du détective.

– Une discussion à propos de quoi ? soupira-t-elle. Vous n'en savez pas davantage ?

– D'après ce qu'elle m'a raconté, elle lui aurait confié qu'elle avait vu monsieur Tabac sortir du magasin du numismate. Peut-être que, par la suite, l'information a tourné dans le village… vous connaissez comme moi le principe du téléphone arabe. Imaginez quels on-dit se sont répandus dans Prayrac au bout de quelques années ! Quelles exagérations ont pu circuler !

Le voyage du retour prenait fin. Vers 18 heures, Françoise, pensive, gara sa voiture devant la mairie de Prayrac puis coupa le moteur et parcourut machinalement l'écran de son portable à la recherche de nouveaux messages.

– Vous-même, il ne vous est parvenu aucune rumeur concernant un éventuel magot ? relança Lombric.

– Non ! Et c'est bien ce qui m'étonne dans votre théorie : si des bruits avaient couru dans le village, comment est-ce que moi, première élue, je les aurais ignorés ?

– Évidemment, concéda Lombric, fataliste. Vous marquez un point.

– Allons ! Ne soyez pas déçu : vous trouverez sûrement une autre piste à explorer. Tenez ! Il y a peut-être du nouveau : l'adjudant en charge de l'enquête m'a laissé un message. Vous voulez que nous l'écoutions ?

Françoise sortit du véhicule et, sans attendre l'assentiment de son interlocuteur, elle numérota sur son clavier. Une fois en ligne avec le répondeur, elle activa le haut-parleur. Lombric, intrigué, approcha son oreille de l'appareil.

Une voix assez grossière donnait tout un tas de détails ayant trait aux investigations. D'abord, à propos d'Antoine : il avait été libéré, car le magistrat n'avait pas souhaité l'inculper à la suite de sa garde à vue. Notamment grâce au témoignage de Daniel, qui l'avait rencontré le matin du crime. Les présomptions contre lui n'étaient pas abandonnées et les autorités se réservaient le droit de le reconvoquer. Mais, pour l'instant, il n'y avait pas assez de charges contre lui et il avait fortement nié toute implication durant les interrogatoires. Par précaution, le juge lui avait demandé de ne pas quitter la région.

Ensuite, concernant l'origine du gourdin qui avait permis d'assommer mortellement le pauvre André : il provenait de la réserve personnelle de la victime, située dans un porte-bûches en acier caché sous l'escalier. On pouvait conclure de cette découverte que l'assassin était déjà venu dans cette maison !

Enfin, et surtout, dans son long message, l'adjudant parlait du sang à l'intérieur du sac plastique que Lombric avait trouvé dans les bois. L'analyse démontrait sans doute possible que c'était bien celui de Grenadine !

Tout excités, les deux enquêteurs rejoignirent l'intérieur du bâtiment. À cette heure, celui-ci était vide. Françoise consulta rapidement le carnet de liaison qu'elle tenait avec sa secrétaire. La page du jour était vierge. L'élue se tourna alors vers Lombric qui se montrait agité :

– Je le savais ! triompha-t-il. J'en étais sûr et certain ! Ce ne pouvait pas être du sang de gibier !

– Pourquoi donc ?

– Mais parce que, dans ce cas, ma théorie se serait effondrée ! Le fait que ce sac contienne le sang de Grenadine, eh bien, cela confirme que j'ai raison !

À nouveau, comme à chaque fois qu'il se mettait en avant, le détective gonfla ridiculement ses muscles pectoraux.

– Vous avez donc une théorie ? Mais vous ne m'en avez pas encore parlé !

– Oui, madame. Mais c'est trop tôt. Pardonnez-moi. Je mesure votre impatience, semblable à celle d'un lecteur de roman policier qui attend la fin de l'histoire. Ce doit-être frustrant, non ?

– Oh ! Je vous en prie !

– Vous saurez, je vous le promets. Bientôt. Mais bon sang ! Quel dommage que personne n'ait songé à toucher le capot de la Golf de Grenadine ce matin-là ! Je suis persuadé que le moteur était encore chaud lorsque Antoine ou vous-même êtes passés.

– Ce qui signifierait ?

– Que François n'est pas si fou que cela et que son témoignage est important ! Il n'y a que lui à avoir vu la voiture de la victime ce mardi-là… je trouve cela extraordinairement curieux !

– Vous y croyez, à ce qu'il a dit aux policiers ?

– Oui, madame. Il m'a fourni des détails qui tendent à prouver qu'il n'a rien inventé.

– Ah ! Vous l'avez donc interrogé ?

– Je suis allé chez lui dimanche. Je l'ai vu, ainsi que sa maman, une personne charmante. Nous avons eu une conversation des plus originales.

– Et votre théorie, elle implique François ?

– D'une certaine manière, d'une certaine manière…

– Je vois ! Et maintenant, que comptez-vous faire ? Vous allez présenter vos conclusions aux enquêteurs de la police ?

– Pas encore. Je dois à nouveau rendre visite à certains habitants avant de tout révéler. Savez-vous où je peux trouver Ludovic à cette heure-ci ?

– Oh ! Vous ne le soupçonnez pas, tout de même ? Il est un peu rabat-joie, mais de là à…

– Où puis-je le trouver, s'il vous plaît ?

– En fin d'après-midi, c'est la traite. Il doit être chez lui.

– Bien, je vous remercie. Décidément, je n'arriverais à rien sans votre aide ! À plus tard, madame la maire.

21

Bas les masques !

Le Pyrénéen fila sans autre forme de politesse, abandonnant sa partenaire agacée et frustrée de ne pas en savoir davantage.

Sans se retourner, il traversa la place de l'église et se dirigea vers la sortie de Prayrac. Au bout de dix minutes, il pénétrait dans la propriété de Ludovic, le producteur de lait.

Ce dernier était occupé ; c'était l'heure de la traite, comme l'avait spécifié Françoise. Lombric fit irruption dans un long bâtiment à l'entrée duquel il repéra une grande cuve. L'agriculteur s'affairait autour.

– C'est une cuve de refroidissement, expliqua Ludovic en serrant la main de Lombric. Trois mille litres, pas mal non ?

Et comme le détective ne répondait pas :

– Vous voulez goûter ?

Le fermier lui servit un verre directement depuis le robinet.

– Allez-y ! Buvez !

Lombric trempa ses lèvres dans le liquide. Il se demandait pourquoi l'homme se révélait souriant, contrairement à son habitude. Était-ce parce qu'il pensait que le coupable avait été arrêté et qu'il ne se sentait plus suspect ? Était-ce parce qu'il se trouvait dans son élément, dans sa propriété, au milieu de ses animaux ? Lombric termina son verre tout en songeant à ce changement subit. Le lait était excellent, son goût lui parut naturel et riche.

– Ma visite ne vous dérange pas ?

– Ma foi, répondit Ludovic, du moment que vous ne m'inculpez pas…

– Je n'en ai pas le pouvoir, rassurez-vous !

– Et puis surtout, la police tient le coupable !

– Détrompez-vous : Antoine a été justement relâché tout à l'heure.

Ludovic changea d'expression immédiatement. Son sourire béat disparut et il afficha un air méfiant.

– Ah bon ? fit-il les dents serrées. Et vous vous précipitez chez moi parce que je suis votre premier suspect ?

– Pas tout à fait…

– Alors pourquoi ?

– Parce que je pense qu'il est temps que vous me disiez la vérité… après quoi, je déciderai si vous êtes susceptible d'avoir assassiné Grenadine.

– Quelle vérité ?

Ludovic s'était subitement rapproché d'une fourche posée contre un mur en pierre. Lombric se demanda l'espace d'un instant si l'agriculteur comptait s'en emparer et calcula comment il pourrait se défendre s'il était attaqué.

– Quelle vérité ? répéta Ludovic plus fort.

– Je vais vous expliquer, dit Lombric le plus doucement qu'il pouvait. Vous vous souvenez de l'autre jour, quand je suis passé vous voir ? Vous m'avez avoué que vous portiez du lait à Grenadine tous les mardis. Et vous m'avez dit que monsieur Tabac était peut-être jaloux d'André, ce dont personne ne m'avait parlé dans le village.

– C'est exact.

– Eh bien, je n'en crois rien ! Je suis persuadé que c'est vous qui aviez des sentiments pour Grenadine. Oh ! ne protestez pas ! Elle était à peine plus âgée que vous, fort bien conservée, ça m'a frappé tout de suite. Le genre de femme qui fait encore tourner la tête à bien des hommes. Et quand elle est arrivée dans le village, la « citadine » comme vous l'appeliez, vous avez dû vous monter un joli scénario. Vous, l'agriculteur célibataire, elle, la néo-Lotoise… vous vous êtes dit que vous la protègeriez, que vous l'aideriez à s'intégrer… alors, vous avez commencé à lui apporter du lait. Peut-être à passer en tracteur devant chez elle un peu plus souvent que d'habitude. Et ça a dû lui plaire ! Elle n'a pas dû vous fermer la porte. Mais ce que vous ignoriez, c'est que, dans le même temps, André se livrait à un manège identique.

– Mais…

– Taisez-vous ! C'est exactement ce qui s'est déroulé : une compétition s'est installée, sans que vous vous en doutiez. Et vous l'avez perdue ! J'imagine votre déception, lorsque vous avez su pour André. Je vois même votre colère ! Comment avez-vous réagi ? Êtes-vous capable de violence, Ludovic ?

L'agriculteur était devenu tout rouge. Il bouillonnait sur place. Pas tant à cause des conclusions auxquelles était parvenu son interlocuteur que pour le ton que ce dernier avait employé. Un ton péremptoire, comme celui d'un parent réprimandant sévèrement son enfant.

– Pourquoi est-ce que vous me jugez ? s'écria Ludovic. La situation n'était pas facile à vivre pour moi !

– Vous juger ? Mais pas du tout ! Je vous reproche seulement de dissimuler la vérité, Ludovic, et par là même de vous rendre bêtement suspect ! Aussi vais-je vous reposer une fois la question : êtes-vous capable de violence ? Avez-vous déjà frappé quelqu'un ?

Soudain, de façon totalement imprévisible, Ludovic s'empara de la fourche qui se trouvait près de lui et la brandit en direction de Lombric. Ce dernier, surpris, se prépara à esquiver l'attaque, mais l'agriculteur, au dernier moment, propulsa l'instrument de toutes ses forces contre le mur à sa gauche, jurant à tue-tête. Les pointes de métal vinrent se fracasser contre la pierre et produisirent un bruit strident et insupportable.

Puis Ludovic sortit du bâtiment, frôlant le détective, sans même prendre la peine de couper l'arrivée du lait dans la cuve.

– Putain de bordel ! cracha-t-il.

– Merci, vous venez de répondre à ma question ! lui lança Lombric comme l'autre s'éloignait à grands pas dans la cour.

Lombric, le cœur battant un peu plus fort que d'habitude, regarda un instant le fermier qui gesticulait dans tous les sens puis qui entra dans sa maison en claquant la porte. Après quoi il prit le chemin de la sortie sans s'attarder, tout heureux d'avoir évité un accrochage qui n'aurait certainement pas tourné en sa faveur.

Ainsi donc, Ludovic est caractériel. Je l'aurais parié. Quelle frousse ! En voilà au moins un qui serait capable de tuer. Sur un coup de tête, par amour-propre. Au moment de lancer la fourche, ses yeux étaient remplis de folie ! Est-il coupable ? Qui sait ? En tout cas, il avait bien un alibi potentiel et j'ai découvert ce que je cherchais !

Le Pyrénéen en était là de ses réflexions lorsqu'il vit venir vers lui une autre connaissance : le premier adjoint, Claude. En survêtement, ce dernier suivait la route qui mène au village d'un trot tranquille, soufflant à intervalles réguliers.

– Tiens ! fit Lombric lorsque l'élu arriva à sa hauteur, je désirais justement vous parler ! Quelle coïncidence !

– Je suis votre homme, répondit Claude se mettant soudain à marcher. Une pause sera la bienvenue !

– Peut-être vous dirigiez-vous chez Ludovic ?

– Chez lui ? Oh non !

Le jogger retrouvait lentement son souffle. Ses vêtements sentaient la transpiration.

– La première fois que nous nous sommes parlé, dit Lombric au bout de quelques secondes, vous m'avez affirmé que le jogging n'était pas une habitude chez vous. Et pourtant, cette fois, je vous prends en flagrant délit !

– Je plaide coupable ! concéda Claude. Mais si vous observez mon niveau d'essoufflement, vous verrez que je manque d'entraînement. Au bout de deux kilomètres, je tire déjà une langue pitoyable et je sue comme un cochon !

L'homme présentait en effet un teint rougeâtre, signe d'une activité cardiaque difficilement supportée. Il extirpa de son sac à dos une gourde et se mit à boire avec bruit.

– Vous devriez peut-être faire attention à vous, conseilla Lombric. Je crois qu'on ne s'improvise pas marathonien en quelques jours !

– C'est ce que je constate, en effet ! Mais pourquoi vouliez-vous me rencontrer ?

– Claude, je dois vous prévenir, dit Lombric en changeant abruptement de ton : je vais sûrement vous fâcher un petit peu. Figurez-vous qu'au bout d'un certain temps, je ressens un besoin irrépressible de faire avancer mes enquêtes en confondant les menteurs autour de moi.

– Pardon ?

– C'est d'ailleurs exactement ce que je viens de faire avec Ludovic, qui l'a plutôt mal pris. Alors, je vous en prie, n'y voyez rien de personnel : je n'ai aucun ressentiment envers vous. C'est purement professionnel, d'accord ?

– Je ne comprends pas.

– Non, bien sûr. Pas encore. C'est au sujet du trésor de votre défunt ami, monsieur Tabac.

– Oui ?

– Nous savons à présent de quoi il était constitué !

– Vraiment ? C'est incroyable ! Dites-m'en plus !

– Non.

– Comment ?

– J'ai dit : non. Il est tout à fait inutile que je vous en dise davantage, car vous savez déjà. Je devrais dire : vous *saviez* déjà !

– Mais enfin, monsieur Lombric, nous en avons discuté l'autre jour et je vous ai expliqué que…

– Vous m'avez menti, Claude. Excusez-moi de vous le présenter si crûment. Mais je suis sûr et certain que votre ami vous avait mis dans la confidence. Je parierais même qu'il vous avait fait voir certaines des pièces qu'il achetait. Et sans doute que si j'interrogeais ce vieux vendeur, à Brive, en lui montrant votre photo, il vous reconnaîtrait et me dirait que vous aviez quelquefois accompagné monsieur Tabac !

– Monsieur Lombric !

– Suffit ! Je suis sûr de moi ! Il ne peut en être autrement : amis intimes de longue date comme vous l'étiez, partageant tant de souvenirs communs, tant d'histoires… à qui comptez-vous faire croire que vous ne saviez pas ? Pas à moi, je vous en prie !

La voix de Lombric, lorsqu'il avait prononcé ce « moi », avait légèrement déraillé, atteignant des aigus pénibles, créant un contraste risible entre le sérieux de son raisonnement et sa façon de l'exposer.

Mais Claude ne montra aucun amusement. Son visage, déjà nettement éprouvé par le sport qu'il venait d'accomplir, s'affaissait encore davantage au fur et à mesure que le détective lui parlait.

Celui-ci s'en rendit compte et comprit qu'il avait fait mouche.

– Il existe deux causes qui ont pu vous pousser à me mentir : la première, c'est parce que vous avez volé les pièces de votre ami, chez lui, dans la cachette de la cloison. La deuxième, c'est parce que vous avez peur. Peur que je vous accuse de ce vol et que je crée un lien entre lui et l'assassinat de Grenadine et d'André. Alors ? Je brûle ?

– Je suis innocent ! Jamais je n'aurais pu faire une chose pareille à Roger !

– Il était mort lorsque le cambriolage a eu lieu… votre argument ne vaut rien.

Claude s'arrêta soudainement et employa un ton plus élevé, teinté d'impatience.

– D'accord ! Allons-y pour la vérité ! Vous êtes pire qu'un chien qui tient un os, pas vrai ? Vous ne lâchez jamais ! Alors, écoutez bien, car je ne le répèterai pas : oui, Roger m'avait dit qu'il investissait dans l'or, il aimait ce métal, et surtout il adorait l'histoire du Premier Empire. Il expliquait qu'il se faisait plaisir tout en plaçant son argent. Oui, il m'avait confié avoir caché son magot. Mais je n'ai jamais su à quel endroit ! J'imaginais plutôt un trou dans le jardin. Je n'ai pas cherché à en savoir davantage. Je n'ai aucun besoin d'argent, je paie l'impôt sur la fortune immobilière, si vous voulez tout connaître de moi !

– Pourquoi m'avoir menti ?

– Pour avoir la paix ! Tout simplement. Les fouineurs de votre espèce, ils m'emmerdent ! Et maintenant, si vous permettez, je vais continuer mon jogging !

Claude repartit vers le village. Il valait mieux ne pas l'interroger davantage. Lombric regarda sa silhouette maladroite disparaître peu à peu dans la nuit qui arrivait par taches. Puis lui-même reprit sa route, tenaillé par une faim soudaine. Et tout en se demandant quel serait le menu du soir à l'auberge, il songeait :

Les masques tombent petit à petit. C'est le moment de l'enquête que je préfère : celui où je perce à jour les secrets des uns et des autres. Claude ne m'avait pas tout dit, bien sûr. Il savait. Est-ce que cela fait de lui un coupable potentiel ? Cela reste à voir.

Le détective remonta le col de sa veste, car un petit air frais venait de se lever.

22

Lombric sait

Lombric pénétra dans l'auberge du village vers 19 h 30. Une pluie fine s'était mise à tomber lorsqu'il avait traversé la place.

– Brr ! lança-t-il une fois la porte refermée. Ça sent déjà l'hiver !

Les deux patrons, Daniel et Louise, se trouvaient derrière le bar et faisaient face à Antoine. Ce dernier buvait un whisky sec.

– Besoin d'un petit remontant ? le taquina le détective en déposant son habit humide sur le porte-manteau à l'entrée.

– M'en parlez pas ! fit le cantonnier.

– La même chose ! commanda Lombric à Louise.

– Ils l'ont sacrément bousculé ! intervint Daniel. Pas vrai, Antoine ?

– Oui ! Il y avait deux gendarmes. Ils venaient à tour de rôle. Ils ont voulu me faire craquer.

– À votre santé ! dit Lombric. Et alors, ils vous ont interrogé ?

– Interrogé ? C'est peu de le dire ! Tout le temps les mêmes questions qui revenaient… pourquoi tu étais sur place pour les deux meurtres ? Tu les as tués comment ? Qu'est-ce que tu leur as volé ? Est-ce que tu t'étais disputé avec Grenadine ? Comment tu t'entendais avec André ?

– Mais ils ont fini par vous relâcher. Ils n'avaient pas assez d'éléments pour vous garder.

– C'est grâce à lui ! Il leur a dit qu'il m'avait vu dans le cimetière le matin du premier meurtre.

Antoine venait de désigner Daniel. Ce dernier souriait fièrement.

– Mais quand même ! continua de se plaindre Antoine. Ils en ont profité pour fouiller chez moi ! À la recherche d'éventuelles preuves, qu'ils m'ont dit. Ils ont le droit de faire ça ?

– Oui, dit tranquillement Lombric qui avait terminé son verre.

– Ben ils sont venus pour des prunes ! Je n'ai rien à cacher !

– Tant mieux pour vous !

– Vous mangez ici ? demanda Louise à Lombric.

– Et comment ! J'ai une faim de loup. Et ça sent drôlement bon ! Qu'y a-t-il au menu ?

– De la truffade. Pommes de terre et tomme de Cantal. C'est délicieux !

– Ça tient au ventre ! ajouta Antoine.

– Vous me mettrez du rouge avec, s'il vous plaît.

Le patron disparut dans la cuisine pour préparer le repas du détective. On l'entendit bientôt remuer des couverts et des assiettes.

– Mais alors, reprit Louise, nous avons un problème : si Antoine n'est pas l'assassin — et Dieu merci ! — qui est-ce ? La police va recommencer l'enquête depuis le début ?

– Aucune idée, fit Lombric.

– Oh ! Vous êtes cachottier ! Au moins, dites-nous si vous soupçonnez quelqu'un.

– Je suis ici depuis presque une semaine. J'ai eu le temps de me faire mon opinion.

– Vous savez ?

Louise et Antoine venaient de cesser tout mouvement, le regard fixé sur leur hôte. Et Daniel, qui sortait à ce moment-là de la cuisine, portant l'assiette de truffade, s'était arrêté net et attendait la réponse du détective.

– Beaucoup de personnes m'ont menti, durant cette enquête, déclara Lombric. Après quatre ou cinq jours, je disposais de neuf suspects. C'est beaucoup ! Parmi ceux-là, quatre me dissimulèrent des vérités, pour une raison ou pour une autre, ce qui me les rendit louches.

– Mais qui a tué ? insista Louise.

– Vous-mêmes, ajouta le détective en désignant ses interlocuteurs, vous avez fait partie de ma liste.

– Quoi ! s'écria Daniel.

– Calmez-vous : je ne vous ai pas accusés. Pas encore. Dites, on peut la goûter, cette truffade ?

Louise s'empara du plat que tenait son mari et la posa avec hâte devant Lombric. Puis elle lui servit un ballon de rouge. Celui-ci la remercia et se mit à manger tranquillement, au grand agacement des autres dont la curiosité restait en suspens.

– Du pain ? demanda l'enquêteur.

Daniel poussa une corbeille devant lui. Lombric utilisa une tranche pour placer la nourriture sur la fourchette, puis pour saucer le fond de l'assiette.

– Délicieux ! laissa-t-il enfin tomber.

– Alors ? le relança aussitôt Louise. Qui est l'assassin ?

– Vous le saurez, fit Lombric flegmatique. Vous le saurez demain !

– Demain ? Mais non ! geignit la patronne. Pourquoi pas maintenant ? Je vous en supplie !

– Impossible ! Pour deux raisons : d'abord, je dois encore peaufiner ma théorie. Derrière tout meurtre, il y a une histoire, un enchaînement de faits qui ont conduit à l'irréparable. Pour notre affaire, je dispose de la quasi-intégralité du scénario. Mais il y a hélas toujours des trous. Je dois les combler. Et la deuxième raison, c'est que je ne suis pas un agent de la force publique. Je n'ai pas pour mission de maintenir la paix ; je n'ai donc pas le droit d'arrêter une personne, sauf en tant que citoyen lambda. Mais cette procédure est rarissime. Et surtout dangereuse. Je ne m'y risque pas.

– Qu'est-ce que ça veut dire ?

– Tout simplement que lorsque je désignerai le coupable, il faudra qu'un gendarme soit présent pour lui mettre les menottes. C'est plus sûr.

– Mais comment allez-vous procéder ?

– Je vais prendre un dessert, et puis j'irai me coucher !

– Non ! se plaignit Louise. Je ne parlais pas de ça ! Comment allez-vous arrêter le meurtrier ?

Lombric éclata de rire. Il savourait sa position de vedette et se délectait en constatant que les autres étaient pendus à ses lèvres.

– Ne vous faites plus prier, monsieur ! supplia Antoine.

– Allez ! exhorta Daniel.

– Le plus logique, dit Lombric, c'est que je demande à un enquêteur de Gramat d'être sur place lorsque je ferai mon discours. Je compte sur vous : acceptez-vous que je réunisse mes suspects chez vous, dans l'auberge ? Ça me paraît encore le plus simple, voyez-vous ?

– Et comment ! fit Daniel excité par la perspective. Ce sera un honneur ! Quand voulez-vous procéder ?

– Disons à midi. L'heure vous convient ?

– Très bien ! approuva Louise.

– Je pourrai venir ? interrogea Antoine. J'ai hâte de savoir !

– Ah ! Bien sûr ! rétorqua le détective. J'y compte bien ! Vous faites partie des premiers rôles ; la police vous a innocenté, mais pas moi !

Antoine bougonna tandis que Lombric griffonnait son numéro de téléphone sur le bord d'une brochure publicitaire d'une ferme de Rocamadour.

– Qui parmi vous peut joindre madame Reynardeau et lui demander de me contacter ce soir ? lança le détective. Il faut qu'elle m'aide à organiser ma surprise-partie !

– Je m'en occupe, proposa le cantonnier l'air encore fâché.

– En vous remerciant ! Et maintenant, permettez que je me retire. Bonsoir !

Et Lombric emprunta l'escalier d'un pas tranquille pour se rendre dans sa chambre.

– Vous croyez qu'il va vraiment tout nous révéler ? fit Louise lorsque son hôte eut disparu.

– Non, répondit Daniel. Ce mec, il a la grosse tête. Je ne vois pas comment il aurait deviné. Moi, je vous le dis : ne vous attendez pas à des miracles. Soit il sera parti en catimini avant midi, soit il va complètement bluffer. Pour ma part, j'ai des doutes sur ses capacités !

Une fois dans sa chambre, Lombric posa une feuille blanche sur la petite table proche de la fenêtre et écrivit neuf noms dessus, les uns en dessous des autres. Il les souligna ou les biffa, l'air satisfait. Il en entoura un en particulier puis retourna le papier. Au beau milieu du verso, il inscrivit celui qui l'intéressait. Puis il traça des flèches et se mit à placer des notes, comme s'il créait des satellites gravitant autour. À la fin, il encadra le nom central de trois traits vigoureux.

– Dommage, murmura-t-il.

Le téléphone vibra à ce moment précis.

– Bonsoir Françoise, dit Lombric d'un ton enjoué. Puis-je vous demander un dernier petit service ?

23

Dénouement

Mardi 1er novembre

– Tout le monde est là ?

Vers midi, Lombric interrogeait Françoise Reynardeau à l'entrée de l'auberge. Celle-ci se retourna et désigna le groupe de personnes qui la suivaient.

– Ça n'a pas été facile, fit l'élue. Mais tous sont venus.

Lombric dévisagea les habitants de Prayrac qu'il avait convoqués : Ludovic, Claude, Antoine et enfin Laurence, la photographe.

– Je remercie chacun du fond du cœur, lança l'enquêteur. Je sais que certains d'entre vous ont dû annuler ou reporter leurs activités pour être présents. Je vous promets d'être aussi bref que je pourrai et de vous libérer le plus tôt possible.

Derrière se tenait un gendarme plutôt jeune, la trentaine. Il s'approcha de Lombric et lui tendit la main.

– Adjudant Jourat, se présenta-t-il. Madame la maire, que je connais bien, m'a tout expliqué. J'ai accepté d'être là au cas où j'apprendrais de nouveaux éléments sur l'enquête en cours. Mais sachez que ni sur la forme ni sur le fond, je n'apprécie la démarche. Vous auriez dû venir me parler à la gendarmerie.

– Certes, certes, vous avez mille fois raison ! Mais c'est madame Reynardeau elle-même qui a bien voulu que je mène mes investigations en parallèle dans le village. C'est pourquoi j'ai pensé que je devais lui en rendre compte personnellement, et ce devant vous, représentant légal, et les autres habitants. De la sorte, vous apprendrez en même temps que tous la conclusion de mes recherches ; et vous jugerez de son opportunité.

Par la suite, le détective invita la troupe à entrer dans l'auberge et à s'installer autour de la plus grande table. Les patrons, Louise et Daniel, se joignirent au groupe. L'adjudant Jourat et Françoise se placèrent un peu à l'écart.

– Monsieur Plombic, intervint alors la photographe, j'ai une séance à midi trente, pensez-vous que…

– Lombric, madame, Lombric. Je vais tout faire pour…

– Oui ! grogna Ludovic, je dois apporter de l'eau à mes vaches ; elles sont dans le pré communal. Je ne resterai pas longtemps !

– Ni moi ! dit Claude. Il y a un technicien informatique qui passe avant 13 heures pour…

– Que personne ne s'inquiète ! ordonna Lombric. Vous saurez tout en moins de trente minutes. Bien que cette affaire soit compliquée, et qu'il me faille entrer un peu dans les détails… mais cela me paraît un mal nécessaire et justifié : mes conclusions seront ainsi plus évidentes. Puis-je commencer ?

Personne ne répondit. Tous les regards fixaient l'orateur qui demeurait debout, le ventre arrondi. Celui-ci laissa s'écouler une trentaine de secondes, comme s'il mettait de l'ordre dans ses idées.

– Très bien ! dit-il enfin. Si vous le voulez bien, je vais tout d'abord traiter le cas d'une personne absente : François Pasdeloup. Vous connaissez certainement tous ce charmant hurluberlu. Il m'a beaucoup amusé pendant mon enquête. Il s'est avéré être un mélomane averti et... hem ! passons ! Ce qui nous importe ici, c'est le témoignage qu'il nous a livré : il a prétendu voir Grenadine, le matin de son meurtre, conduire sa voiture en direction du lavoir où on a découvert son cadavre.

– Basse-Laumière, précisa Françoise.

– C'est ça. Figurez-vous que son témoignage me posait un problème des plus épineux : pourquoi la victime avait-elle conduit jusqu'au lieu supposé de sa mort, situé à l'opposé de la mairie où elle tenait absolument à vous rencontrer, madame Reynardeau ?

– Oui, pourquoi ? intervint Louise.

– C'est la question à laquelle je répondrai tout à l'heure. Mais d'abord, il y avait un autre point noir à éclaircir : si le dénommé François Pasdeloup avait vu juste, comment la Golf de Grenadine aurait-elle pu revenir seule devant sa maison ? Car c'est bien là qu'elle a été retrouvée !

– C'est impossible ! dit Laurence.

– Oui, madame : impossible. Ce qui m'amène aux conclusions de la police scientifique. Et je me tourne vers vous, adjudant Jourat : confirmez-vous que, dans la voiture de Grenadine, de multiples traces d'ADN ont été relevées ?

– En effet, affirma le gendarme.

– Ce qui répond à la plus implacable des logiques. Car on sait que la victime avait l'habitude de se faire conduire par les habitants du village qui voulaient bien lui rendre service : monsieur Tabac, son bailleur, André, bien entendu, et, je suppose, la plupart des personnes qui se trouvent ici. Vous avez tous eu l'opportunité, un jour ou l'autre, de prendre sa vieille Golf pour déposer Grenadine à l'hôpital, ou bien chez le coiffeur ou encore…

– Pas moi ! coupa Laurence.

– Je le crois, madame. Mais quant aux autres, les relevés effectués dans le véhicule pendant l'enquête ne nous sont d'aucune utilité, car vous y êtes tous entrés. Tous !

– Où voulez-vous en venir ? questionna Antoine.

– À un fait bien précis : n'importe qui, dans cette pièce, à l'exception de Laurence, aurait pu ramener la voiture de Grenadine chez elle, car vos traces ont toutes été trouvées dans l'habitacle. Est-ce que je me trompe, adjudant Jourat ?

– C'est tout à fait exact, confirma le militaire.

– Ceci ne prouve rien, bien entendu. Mais cela n'exclut personne. À part vous, Laurence.

– Tout de même ! se félicita la photographe. Merci ! Puis-je m'en aller, à présent ?

– Je crains que non, madame. Je ne vous ai pas encore innocentée… je vous demande un peu de patience.

Lombric ignora la manifestation de mauvaise humeur de la jolie blonde et continua son exposé :

– Pour en revenir à François, reprit-il, je dois vous dire que je l'ai assez vite mis hors de cause. Après avoir entendu son médecin à l'hôpital de Leyme, qui m'a précisé que son patient souffrait de crises qui éteignaient sa conscience. Et après avoir discuté avec lui. J'ai pu dresser le portrait d'un homme qui se situe indéniablement hors de la réalité, sans doute « fou » comme on le dit communément, mais je n'ai rien décelé de dangereux en lui. Mieux : il m'a apporté un témoignage primordial dans mon enquête.

– Oui, intervint l'adjudant qui commençait à s'impatienter. Nous savons déjà qu'il a prétendu voir la voiture de Grenadine…

– Il l'a vue, croyez-moi. C'est mon intime conviction. Et il a remarqué un détail fort utile, que peu de monde à part justement un esprit extravagant aurait noté : il m'a dit, je cite, que Grenadine portait son imperméable et son chapeau alors qu'elle conduisait ce matin-là.

La révélation tomba tout à fait à plat dans l'assemblée. Chacun échangea un regard avec son voisin pour voir s'il comprenait où le détective voulait en venir.

– Et alors ? s'enquit Françoise, éberluée.

– Et alors ? Mais souvenez-vous ! s'emporta Lombric. Dans le lavoir, on a retrouvé ses affaires sous le corps de la victime. Elle ne les portait pas. Ceci me paraît éloquent, non ?

– Elles sont tout simplement tombées au fond du lavoir après que Grenadine y ait été immergée, jugea Daniel.

– Non, je ne crois pas, répliqua le détective. La position du corps, face dans l'eau, bras tendus, rendait la chose très peu probable. Il faut y voir une autre explication : quelqu'un a d'abord jeté l'anorak et le chapeau dans le lavoir, avant d'y plonger la victime. Et là, tout devient plus clair.

– Vous avez de la chance ! s'exclama Louise. Je n'y comprends rien.

Tous approuvèrent la remarque de la patronne de hochements de tête ou de mouvements de mains les paumes vers le ciel. C'est alors que Lombric se mit à rire.

– Pardonnez-moi, fit-il, mais c'est tellement évident ! Si je puis me permettre, je vous révèlerai tout dans un instant. Mais avant cela, je souhaiterais étudier vos cas un par un, afin de savoir qui aurait eu l'opportunité, et également l'intérêt, de tuer Grenadine et André.

– Vous nous faites languir ! gémit Françoise.

– Oui, mais l'apparition de la vérité est à ce prix. Il nous faut élaguer. Vous, par exemple, Laurence, auriez-vous eu un mobile à ces crimes ?

– Moi ? demanda la photographe, interloquée.

– Je ne m'attends pas à ce que vous me répondiez par l'affirmative. Je vais donc moi-même éclaircir votre situation : imaginons, l'espace d'un instant, que vous ayez un secret à garder, que vous voudriez à tout prix laisser enfoui. C'est possible, cela, non ?

La photographe commença à rougir très nettement. Elle ouvrit la bouche pour protester puis la referma immédiatement, ne sachant pas que dire.

– Et imaginons, continua Lombric, que Grenadine, par malchance, ait découvert ce secret. Et qu'elle en ait touché deux mots à son petit ami, André. Puis, qu'un jour, incidemment, pour vous piquer, elle ait fait une allusion un peu trop évidente devant vous. Quelle aurait été votre réaction ? Sans doute auriez-vous été en colère. Et qu'auriez-vous été capable de faire pour garder ce secret ? Hein ? Vous pouvez me le dire ?

– Vous m'aviez promis… protesta Laurence.

– Je sais ce que je vous ai promis, madame. Nous sommes pour l'instant dans la supposition. Et ce que je veux vous faire comprendre, c'est qu'après notre discussion d'hier, je ne pouvais vous rayer de la liste de mes suspects. Car vous m'avez apporté un mobile sur un plateau d'argent !

– Monsieur Plombic ! hurla Laurence.

– Lombric, madame, comme le ver. Nous allons passer à quelqu'un d'autre, cela vous permettra de recouvrer votre calme.

Le détective fit un tour de l'assemblée du regard. On aurait dit un professeur cherchant un élève à désigner.

– Vous, Antoine.

Le cantonnier sursauta. Visiblement, il ne s'attendait pas à se retrouver sur la sellette.

– Ah non ! fit-il. J'ai déjà donné ! Demandez à l'adjudant, là, il m'a interrogé et…

– Nous l'avons libéré, Monsieur Lombric, confirma l'homme en uniforme.

– Je le sais, admit Lombric. Mais vous vous êtes trouvés par deux fois le premier sur les lieux d'un crime, c'est un fait rarissime. Rarissime et troublant. On peut tout à fait imaginer que vous ayez eu un différend avec Grenadine. Je ne sais pas moi… peut-être passiez-vous l'aspirateur à feuilles près de chez elle un peu trop tôt le matin ? Je vous ai vu, l'autre jour, vous en servir. Cela fait un sacré boucan ! Ou bien le Karcher ? Ou bien encore la débroussailleuse ? Vous auriez pu avoir un conflit avec elle à cause du bruit, tout simplement. Mon expérience m'a montré que bon nombre de personnes âgées ne le supportent plus. Et vous ne pouvez pas imaginer le nombre de conflits liés au bruit qui mènent à des drames. Par exemple, il n'y a pas si longtemps, un habitant de mon village a planté un tournevis dans le cou d'un jeune qui écoutait cette musique épouvantable que l'on nomme *techno*. Le pauvre, qui se prétendait être compositeur, n'arrivait pas à comprendre que les vibrations des basses qui se propageaient à la maison de son voisin empêchaient celui-ci de dormir convenablement et lui tapaient sur les nerfs.

– Qu'est-ce que c'est que cette histoire ? Où voulez-vous en venir ?

– À la remarque suivante : votre profession de cantonnier aurait pu être la source d'un conflit avec

Grenadine, qui aurait pu menacer de vous dénoncer à madame la maire. Votre emploi était peut-être en jeu…

Ici, Lombric se tourna vers Françoise.

– Le matin du drame, vous avez bien déclaré que la victime désirait vous entretenir de choses graves ?

– Oui, fit l'élue, c'est le mot qu'elle a utilisé.

– Ha ! triompha Lombric en fixant Antoine. Vous voyez qu'un mobile a pu exister. Pour ce qui est de la faisabilité, je sais bien que vous travailliez dans le cimetière au moment du premier meurtre. Mais je ne pense pas que le témoignage de Daniel, ici présent, vous couvre toute la matinée.

– Je n'ai rien fait, protesta Antoine, je suis innocent. Même les flics l'ont compris !

– Nous verrons, rétorqua Lombric. Nous verrons.

Le détective observa un instant la mine chafouine du cantonnier puis changea de bouc émissaire.

– En ce qui vous concerne, Claude, vous m'avez dissimulé une information capitale ayant un rapport avec les meurtres. Je vous félicite : il n'y a rien de tel pour devenir le suspect numéro un.

– Claude ! s'exclama Françoise.

– De quoi s'agit-il ? intervint l'adjudant.

– Oh ! dit Lombric, je suppose que Claude peut lui-même se confesser. Cela lui ôtera un poids de la conscience.

Tous les regards se tournèrent à ce moment vers le conseiller qui tentait de faire profil bas. Chacun put alors observer que ses pommettes viraient au rose violacé.

– Monsieur le détective, articula-t-il péniblement, je suis un élu de la République française. Sachez que si vous m'accusez devant cette assemblée, je porterai plainte contre vous !

– Qui parle d'accuser ? D'abord, est-ce que votre petit secret a un rapport avec le meurtre de Grenadine ?

– Ce n'est pas à moi de le dire ! Eh bien soit ! Voilà : depuis des années, je conseillais Roger pour le placement de son argent. Il ne voulait pas investir dans l'immobilier, car il craignait de tomber sur des locataires mauvais payeurs. Mais il disposait d'un joli petit magot, amassé lorsque nous faisions le tabac. Un jour, je l'ai amené à Brive et je lui ai suggéré d'acheter de l'or. Des monnaies d'or, pour être précis. On s'est rendu dans le magasin *Le numismate*, que vous connaissez à présent, et le vendeur nous a proposé des Napoléon. Voilà.

– Mais continuez donc ! gloussa Lombric. Que faisait-il de ses pièces, monsieur Tabac ?

– Il les cachait… chez lui… dans une tirelire qu'il avait depuis qu'il était petit.

– De forme rectangulaire ?

– Oui, bien sûr.

– Et le problème, mesdames et messieurs, c'est que le trésor de monsieur Tabac a été volé ! Quelqu'un est rentré chez lui en forçant la porte, a fouillé partout, et a fini par mettre la main sur les pièces de Napoléon ! Et figurez-vous que lorsque j'ai raconté cela à Claude, celui-ci m'a juré qu'il ne connaissait l'existence d'aucun magot.

– C'est ennuyeux ! dit le l'adjudant Jourat. Cet or aurait-il un lien avec les meurtres ?

– J'en suis sûr ! affirma Lombric. Et je vous le décrirai plus tard ! Pour l'heure, vous comprenez pourquoi Claude aurait pu disposer d'un mobile. Pour information, sachez que le vendeur de Brive a estimé la valeur de la totalité des pièces à plus de 150 000 euros. De quoi attiser bien des cupidités !

Des exclamations fusèrent de l'assemblée. Claude, lui, ne se défendait pas. Ses deux mains posées bien à plat sur la table, les bras tendus, le buste droit, il affichait une mine défaite.

– Je m'excuse d'avoir menti, dit-il seulement. Je n'aurais pas dû. Mais je n'ai tué personne. Vous devez me croire.

– Nous essayons, Claude, nous essayons. Mais vous comprendrez que votre cas reste en suspens. Sans compter que, de votre propre aveu, et d'après le témoignage de madame la maire, vous êtes passé le matin du crime non loin de la maison de Grenadine ! Qu'en pensent les autres ?

Lombric avait lancé cette question comme une boutade, pour impliquer ses auditeurs dans l'enquête puis pour pouvoir enchaîner. Mais à ce moment précis, Marinette, la doyenne du village, entra dans l'auberge.

– Ma noisette, Louise ! J'ai failli l'oublier, ce matin ! Est-ce que…

Elle se tut en contemplant l'assemblée dans la pièce.

– Et ben ! fit-elle. On cause, par ici ! Personne ne m'a invitée ?

– Bonjour, Marinette, lança Daniel. Je vais vous servir.

Et le patron passa derrière le bar pour faire fonctionner la machine à café.

– Bonjour, Marinette ! dit à son tour Lombric. Vous vous souvenez de moi ? Je suis le détective privé…

– Oh ! Bien sûr ! Je ne suis pas gaga, vous savez ! Je vous ai affublé d'un surnom amical, j'espère que vous ne vous vexerez pas : *monsieur questions*.

– Voilà un sobriquet qui me va à ravir ! Merci madame. Vous vous souvenez certainement que je mène une enquête sur la mort de Grenadine, n'est-ce pas ? J'ai, en effet, été amené à poser bien des questions aux habitants du village ! Et nous sommes réunis, comme vous le constatez, pour le dénouement de cette affaire. Vous pouvez tout à fait rester parmi nous au cas où vous souhaiteriez fournir une précision. Mais sachez que je ne vous retiens pas.

À ce moment, Daniel déposait une noisette et un macaron à la framboise près de la vieille dame.

– Ah ! Vous m'avez donc innocentée ? demanda cette dernière le plus sérieusement du monde.

– Oui, madame répondit Lombric en riant franchement. J'ai longuement hésité, mais je ne crois pas que vous soyez notre coupable.

Toute l'assemblée fut prise d'une hilarité soudaine, ce qui contribua à détendre l'atmosphère.

– Reprenons ! s'écria Lombric en redevenant très grave. Puisque nous en sommes aux innocents, madame la maire, je tenais à vous rassurer sur le sort de votre secrétaire, Eugénie. Je me suis renseigné sur elle, car le hasard avait fait qu'elle ne travaillait pas le matin de l'assassinat de Grenadine ; elle aurait peut-être pu profiter de sa liberté pour mener à bien une action criminelle… mais outre le fait qu'elle devait garder son enfant malade, ce qui lui procurait un alibi de fait, je n'ai pas réussi à me l'imaginer dans la peau d'une tueuse.

– Je suis entièrement d'accord avec vous ! approuva Françoise.

– Je peux me tromper, précisa le détective, car comme vous l'avez sans doute remarqué, je fonctionne à l'intuition. Une fois que je suis parvenu à me faire une idée d'un milieu, d'un groupe de personnes dont j'ai étudié les emplois du temps, les éventuels mobiles, etc., l'identité du meurtrier m'apparaît en général de façon évidente. Ce qui ne correspond pas vraiment à une démarche scientifique, n'est-ce pas ? Mais croyez-moi, elle a fait ses preuves ! En ce qui concerne la conseillère municipale Frédérique, par exemple, je ne l'ai jamais soupçonnée. Trop revendicatrice, pas assez discrète pour être coupable.

– Et mes vaches ? se plaint Ludovic en se levant soudainement. Elles vont encore attendre longtemps que monsieur ait terminé son *one-man show* ?

– Vous avez raison ! concéda Lombric. Je fais trop de digressions ! Venons-en donc à votre cas, puisque vous insistez, Ludovic. Veuillez vous rassoir. Vous aussi, le matin du crime, êtes passé chez Grenadine, n'est-ce pas ? Vers 11 heures, c'est cela ?

– Oui.

– Au même titre que beaucoup de personnes. Ce qui multiplie les suspects. Et pour ce qui est d'un mobile éventuel, nous en avons trouvé un ensemble, n'est-ce pas Ludovic ? Je suis désolé, mais je dois le révéler à tous ici. C'est bien trop important pour être caché.

– Ouais, allez-y ! grogna l'agriculteur.

– Sachez, annonça Lombric avec emphase, que Ludovic était fortement jaloux d'André. Pourquoi ? Cela n'est pas difficile à deviner : parce qu'il aurait bien aimé être à sa place. Je me hâte de préciser que ces sentiments ne sont nullement blâmables. Mais, tout de même, ils pourraient constituer un solide mobile. Imaginons, l'espace d'un instant, que, le matin du meurtre, Grenadine et son petit ami se soient disputés à propos de vous justement, Ludovic. André lui aurait dit qu'il en avait assez de vous voir tourner autour d'elle, tous les mardis, et peut-être davantage. Et imaginons que ce soit ce qu'elle ait voulu raconter à madame la maire. Souvenez-vous de ses propos : *c'est trop grave.* Et souvenez-vous aussi qu'André m'avait révélé que le sujet de cette dispute était intime. Cela colle parfaitement. Grenadine désirait demander son avis à une autre femme, quoi de plus naturel ? Seulement voilà : au moment d'aller à son rendez-vous avec Françoise, la victime voit débarquer Ludovic. Celui-ci est pressant. Mais Grenadine, échaudée par sa querelle matinale, l'envoie valser une bonne fois pour toutes. Ludovic, qui peut quelquefois faire preuve de violence, voit rouge. Vous devinez la suite…

Un silence se fit et tous les regards se posèrent sur le fermier qui bouillonnait sur place, les yeux baissés, comme un coupable sur le banc des accusés.

– Ludovic ! s'écria Françoise, ce n'est pas possible ! C'est toi qui…

L'agriculteur se mit à pleurer, sans pouvoir opposer quoi que soit au détective.

– Ludovic ! répéta l'élue, un peu plus fort.

– Ne nous emballons pas ! intervint Lombric pour venir en aide au producteur. Je suis pour l'instant en train de vous présenter les différentes hypothèses que j'ai développées. D'abord pour vous montrer que vos innocences respectives ne sont pas évidentes, ensuite pour que nous puissions à la fin de cette réunion identifier le cas de figure le plus irréfutable.

– Comment ça ? s'étonna Daniel. C'est nous qui allons choisir ?

– *Choisir* n'est pas le mot que j'aurais employé, cher monsieur. Pardonnez-moi si je me fais mal comprendre ; je pense simplement que dans quelques minutes, la vérité éclatera aux yeux de tous et qu'elle s'imposera à nous comme une lumière aveuglante.

– Vous avez des preuves ? s'enquit l'adjudant.

– J'en aurai. Je le sais. Mais laissez-moi terminer, s'il vous plaît. Il me reste à étudier les cas de Daniel et Louise, ici présents.

– Hein ? lança le patron de l'auberge, incrédule. Vous déraillez !

– N'importe quoi ! jura Louise. Nous sommes nouveaux dans le village, nous connaissions à peine Grenadine et son copain…

– Tss-tss ! siffla Lombric. Ne nous racontez pas de salades. Tout le monde passe chez vous, tout le monde discute, et vous, vous êtes là, vous allez et vous venez, mine de rien, mais vous laissez trainer les oreilles ! Et si, un jour, vous aviez entendu parler du magot de monsieur Tabac ? Par la bouche de Marinette, par exemple, qui a un abonnement matinal chez vous et qui sait tout sur tous les villageois…

À ce moment, la doyenne marqua sa désapprobation en remuant frénétiquement de droite à gauche les index de ses deux mains. Mais Lombric ignora le geste et reprit la parole.

– Ou par n'importe qui d'autre d'ailleurs, peu importe. Et là, vous vous dites : ce magot, il arrondirait bougrement nos fins de mois ! Car je suppose qu'en tenant cette auberge, ici, dans Prayrac, vos revenus ne sont pas mirobolants. Une fois les charges payées, le loyer à la mairie déduit, que reste-t-il ? Assez pour vous deux ? Peut-être. Suffisamment pour mener la grande vie ? J'en doute ! Alors, quand vous apprenez la mort de monsieur Tabac, vous échafaudez un plan. Vous entrez chez lui par effraction, fouillez partout à la recherche du trésor. Existe-t-il vraiment ? Oui ! Et vous tombez dessus ! Bingo ! Vous quittez la maison de l'ami de Claude, mais à ce moment, le grain de sable dans votre entreprise malhonnête : on vous voit. Qui ? Grenadine ou André. Catastrophe ! Aussitôt, cette dernière veut appeler madame la maire pour l'informer du vol. Mais le petit copain n'est pas d'accord : en échange de son silence, il vous réclame la moitié des pièces d'or ! Les deux tourtereaux se disputent le mardi matin. André va à la chasse. Vous profitez de son départ pour exécuter Grenadine avant qu'elle ait pu parler. Et plus tard, vous êtes obligés de liquider André. Entre temps, vous avez récupéré le magot dans la maison de l'un des deux. Bien joué, je l'avoue !

– Comment ça ? protesta Louise. Mais nous n'avons rien fait ! N'importe qui vous dira que le mardi matin, nous nous trouvions dans l'auberge !

– Pas exactement, et vous le savez. Vous, Daniel, êtes sortis pour faire des courses. Vous nous l'avez vous-même confié ! Vous auriez pu vous arranger pour croiser Antoine, deux fois, et pour accomplir votre méfait entre ces deux rencontres.

– C'est faux ! C'est faux ! protesta le patron. Vous pouvez vérifier. Et d'abord, est-ce que l'enquête a démontré que les maisons de Grenadine et André ont été fouillées ? Vous dites qu'on a récupéré les pièces d'or chez eux ? Alors ? Est-ce qu'on a trouvé des traces ?

Pour sa dernière question, Daniel s'était tourné vers l'adjudant.

– Non, aucune, affirma celui-ci.

– Cela a pu se passer différemment, estima Lombric, pas abattu. Je le répète : nous sommes dans les conjectures.

– Bon d'accord, admit Françoise Reynardeau. Et maintenant monsieur Lombric ? Vous venez d'étudier les cas de vos suspects un par un, en nous démontrant clairement qu'ils auraient pu tous tuer. Beau discours, soit dit en passant ! Bravo ! Mais qui est coupable ? Allez-vous enfin nous le révéler ?

– Oui, madame.

Si le niveau d'anxiété de chaque personne avait pu être mesuré dans la pièce à ce moment-là, par un appareil quelconque inventé par un scientifique génial, il aurait sans nul doute atteint des sommets. Ludovic essuyait les gouttelettes de sueur le long de ses tempes, Antoine tripotait frénétiquement un dessous de verre en carton, Daniel se servait un troisième café, Louise avait le bras droit pris de tremblote, Claude griffonnait sur le coin d'un journal des traits se superposant les uns aux autres. Finalement, seule Marinette souriait ostensiblement, aux anges. Françoise et l'adjudant, quant à eux, échangeaient des œillades qui trahissaient leur hâte d'en finir.

– Vous savez ce qu'il arrive au lecteur à la fin d'un roman policier, quand il veut à tout prix connaître le nom d'un coupable ? Il est quelquefois happé par l'impatience et saute quelques paragraphes pour gagner du temps. Est-ce que...

– Monsieur Lombric ! explosa Françoise, vous m'avez déjà fait le coup du lecteur ! Vous vous moquez de nous !

– Pas le moins de monde. Ma métaphore a une utilité : vous faire comprendre que je ne devais pas aller trop vite pour que ma démonstration soit bien claire. Mon préambule était nécessaire.

– Admettons ! rétorqua l'élue. Alors, à présent, dites-nous si vous connaissez le coupable !

– Oui, bien sûr.

– Et qui est-ce ?

Le détective prit une inspiration en fixant la mairesse d'un regard sombre. Puis il lui déclara sans ambages :

– Vous-même, Françoise. Qui d'autre ?

Tous les visages se tournèrent vers madame Reynardeau. Cette dernière, habituée aux joutes verbales du conseil municipal, restait calme. Elle en avait vu d'autres.

– Monsieur Lombric ! déplora-t-elle, pourrions-nous être sérieux ? Il y a ici des personnes qui sont pressées de vaquer à leurs occupations. Et vous, vous me désignez comme coupable, moi qui vous ai aidé, guidé, durant toute votre enquête !

– Hélas, madame, je ne puis être plus sérieux !

– Bon, j'ai compris ! décréta l'élue. Je m'en vais. Vous êtes fou !

Elle se leva et commença à se diriger vers la sortie. Mais à ce moment, l'adjudant Jourat intervint et lui dit doucement :

– Madame la maire, chacun ici a accepté d'être sur la sellette. Ne pensez-vous pas qu'à votre tour, vous pourriez écouter ce que votre détective veut vous dire ?

– Mais il n'a rien à nous révéler ! protesta Françoise. Il a décidé de nous tester, ici et maintenant, et de voir si quelqu'un craque. Il bluffe !

– J'en étais sûr ! ajouta Daniel qui reçut au même moment un coup de coude de sa femme.

– Monsieur l'adjudant a raison, plaida Lombric. Je vous en prie, revenez parmi nous et écoutez-moi. Je vous jure que dans dix minutes, tout le monde pourra quitter cette pièce.

Françoise opéra un demi-tour à contrecœur et reprit sa place auprès du représentant de la loi.

– Allez-y, fit-elle dans un souffle. Qu'on en finisse.

– Merci, madame, dit Lombric. Je vais vous décrire ce qui s'est déroulé dans votre village dans l'ordre chronologique. Ainsi, tout le monde comprendra mieux. Tout commence il y a très longtemps, avec la culture du tabac. Chacun sait que monsieur Tabac, alias Roger Florimont-Beuve, a gagné beaucoup d'argent à cette époque. Et ce que j'ai appris, c'est que son ami Claude l'a poussé à acheter de l'or. Il l'a conduit chez un commerçant à Brive. Au fil des ans, monsieur Tabac a ainsi investi dans 114 pièces rares, pour un montant s'élevant entre 150 000 et 200 000 euros. Il a placé son magot dans une tirelire, et a dissimulé celle-ci dans la paroi d'un mur, chez lui. Jusque-là, tout va bien. Mais un jour, votre adjointe Frédérique voit sortir notre monsieur Tabac du magasin en question, à Brive. Pas bête du tout, elle s'interroge. Plus tard, elle partage sa découverte avec André, le petit ami de Grenadine. Ces deux-là ont tôt fait d'imaginer que le bailleur est en train de se constituer un magot. Et ils ont raison. André s'en ouvre à Grenadine qui à son tour en parle à son propriétaire. On les a souvent vus assis sur un banc à papoter. Et je pense que monsieur Tabac lui a fait des confidences. Pourquoi ? Difficile à dire. Mais en tout cas, il lui faisait confiance. Et il avait raison, car sa locataire n'en a jamais fait allusion. Du moins, jusqu'à sa mort. Mais après celle-ci, le sujet des pièces d'or revient ; Grenadine en reparle à André. Sans doute lui apprend-elle à ce moment l'existence et le montant du trésor dissimulé. Et là, une dispute éclate entre les deux amants. André voudrait récupérer les pièces. Grenadine, honnête, préfèrerait demander conseil à madame la maire.

– Comment savez-vous qu'elle désirait m'entretenir de ça ? coupa Françoise.

– Parce qu'il n'y a aucune autre solution. C'est l'évidence même, celle qui explique tout le reste. La pièce parfaite du puzzle qui termine le tableau. Le matin du drame, André part à la chasse, fâché. Il ne reverra plus Grenadine. Aussitôt, celle-ci vous appelle et vous donne rendez-vous dans la mairie.

– Je ne vois pas en quoi cela m'accuse…

– Mais vous, madame, vous ne tenez pas en place. Vous liquidez vos affaires courantes et, au lieu d'attendre patiemment, vous vous ruez chez Grenadine, dévorée par la curiosité. Il est sans doute neuf heures et quart, à peu de choses près. À ce moment-là, il n'y a aucune intention mauvaise en vous. Vous filez sans que personne le remarque. Coup de chance formidable ! Sur place,

Grenadine doit bien rigoler, en vous voyant débarquer ; elle doit peut-être s'amuser de votre empressement qui vous fait devancer son rendez-vous. Puis elle vous raconte tout : elle vous dit son inquiétude pour le fameux magot. Monsieur Tabac est décédé… que vont devenir les pièces d'or ? Ce faisant, elle signe son arrêt de mort. La cupidité vous dicte le geste qui la tue. Vous vous emparez d'une bûche proche et vous la frappez par-derrière. J'ai toujours remarqué que vous aviez une bonne santé et une robuste constitution. Vous la tuez sur le coup. Puis, vous agissez sans trop réfléchir : vous enveloppez sa tête dans un sac plastique pour éviter que le sang coule partout, vous tirez son corps hors de la maison et vous décidez de le cacher dans le coffre de sa voiture. J'ignore comment vous avez procédé… vous êtes-vous servi d'une brouette ? On peut le penser. Au fur et à mesure, sans paniquer, vous élaborez votre machination : vous endossez le pardessus de votre victime, mettez son chapeau et vous installez au volant de sa Golf. Ainsi, si vous croisez quelqu'un, vous espérez qu'il vous prendra pour Grenadine. Je suppose que vous empruntez des chemins de traverse. Vous ne passez pas devant le cimetière, car vous savez qu'Antoine y travaille. Plus tard, dans la forêt, c'est François qui vous aperçoit. Il tombe dans le panneau et vous confond avec votre victime. Vous arrivez au lavoir. Vous vous débarrassez de l'anorak et du chapeau dans l'eau, puis vous traînez le corps de Grenadine dans le même endroit. Vous jetez le sac plastique souillé dans un fossé proche, ce qui constitue à mes yeux une bourde.

Enfin, vous revenez, toujours par des chemins détournés. Cette fois, vous n'êtes plus déguisée. Quel risque énorme, madame ! Mais la chance est décidément avec vous. Vous ramenez la voiture de la défunte à son domicile ni vue ni connue.

– Réellement, vous divaguez complètement ! protesta encore Françoise. Un vrai roman d'espionnage ! Daniel et Louise pourront vous dire que j'étais dans l'auberge, et non près du lavoir en train d'y jeter le corps de cette pauvre Grenadine.

– Oui, vous y étiez, madame. Mais peu après dix heures. Je pense que vous y êtes venue pour qu'on vous voie. Pour renforcer votre soi-disant alibi... la vérité, c'est qu'entre neuf et dix heures, vous avez largement eu le temps d'accomplir votre forfait. Puis, vous avez fait mine d'essayer de contacter votre victime sur son téléphone en lui laissant des messages inquiets. Personne ne vous a soupçonnée. Vous avez eu tout le loisir, le soir même, je pense, de fouiller la maison de monsieur Tabac et de vous emparer de son magot. Pour ensuite admirablement me jouer la surprise quand nous y sommes allés ensemble. Mais, entre-temps, vous aviez appris lors de mon interrogatoire d'André qu'il s'était disputé avec Grenadine avant que vous arriviez, le mardi matin. Là, vous avez pris peur. Et si André révélait le motif de la dispute ? Il ne fallait pas que l'histoire des pièces vienne à mes oreilles ou à celles de la police ! Certes, André se refusait fermement à donner des explications. Sans doute parce que lui-même projetait de visiter la maison de monsieur Tabac ! Mais vous n'avez pas voulu prendre le risque. Le vendredi soir, vous finissez par vous rendre chez lui pour un motif quelconque et vous le trucidez froidement en suivant la même méthode que pour Grenadine. C'est Antoine, le lendemain, qui découvrira le corps et partira en garde à vue…

– Madame Françoise Reynardeau ! intervint alors avec emphase l'adjudant Jourat, ces accusations sont très graves ! Défendez-vous !

Pour la première fois, l'élue semblait faire son âge. Chacun put observer les traits tirés de son visage et ses yeux hagards qui cherchaient un appui inespéré. Cependant, sa voix demeura encore ferme lorsqu'elle déclara :

– Mais je suis innocente, enfin ! Vous voyez bien qu'il raconte n'importe quoi ! Un détective ça ? Laissez-moi rire ! Un Sherlock de pacotille !

– Françoise… lui dit doucement Claude en lui prenant la main. Il est inutile de…

– Demain, je contacte mon avocat. Vous aurez affaire à lui ! Quelle honte ! Je suis innocente !

– Si tel est le cas, enchaîna Lombric, vous accepterez sans problème que nous nous rendions chez vous immédiatement et que nous fouillions ? Pouvez-vous nous assurer dès à présent que nous ne trouverons aucune tirelire remplie de pièces d'or ? Ni dans la maison ni dans le jardin, ou dans les combles ou ailleurs ?

Françoise ne répondit pas. À la place, elle effectua un rictus affreux, tordant sa bouche. Elle jeta un regard perdu autour d'elle, comme quelqu'un sous qui le sol se dérobe soudainement. Ses yeux parurent faire le tour de leurs orbites en une seconde.

– Madame ? insista Lombric.

– Sale petit détective de merde ! explosa alors la maire. Gros cafard ! Jamais je n'aurais dû vous prendre en stop !

– Madame, je vous estime suffisamment pour penser que vous valez mieux que ce vocabulaire-là !

L'élue sembla se radoucir un instant avant d'expliquer sur un ton plaintif :

– Je n'ai pas voulu la tuer, je vous jure ! Je ne sais pas ce qui m'a pris ! Quand elle m'a parlé des pièces, du magot caché, j'ai agi par réflexe, je me suis emparée d'une bûche et je l'ai frappée par-derrière. Ce n'était pas prémédité ! J'ai perdu le contrôle, comme si ce n'était pas moi. Je n'ai pas réfléchi aux conséquences… j'ai pensé qu'ainsi personne ne saurait pour le trésor. L'opportunité était trop tentante ! Je l'ai frappée par cupidité… pauvre Grenadine !

L'élue pleurait et ses larmes faisaient dégouliner le mascara noir de ses cils sur ses joues.

– Par cupidité, c'est tout à fait exact ! approuva Lombric. En assommant Grenadine, vous comptiez peut-être éliminer la seule au courant pour le magot après la mort de monsieur Tabac. Mais il y avait André, qui savait depuis le matin… ce que vous ignoriez. Grenadine n'a pas eu le temps de vous le dire, n'est-ce pas ?

– Je suis tellement désolée ! Tellement ! Elle ne m'a pas parlé de leur dispute. Si elle l'avait fait, peut-être que rien ne se serait passé.

– Comment avez-vous appris pour André, dans ce cas ?

– Lors de votre interrogatoire, vous avez vu juste. J'ai compris qu'ils s'étaient querellés à propos du trésor quand il a refusé de vous répondre… il me fallait agir pour me couvrir. J'ai été prise dans l'engrenage.

Après cette dernière phrase, qui ressemblait fortement à un aveu, l'adjudant Jourat demanda à l'élue de le suivre. Il la conduisit au commissariat de Gramat pour enregistrer sa déposition et envoya des hommes fouiller la demeure de la meurtrière. Grâce aux indications de celle-ci, les gendarmes y découvrirent une jolie tirelire remplie à ras bord de pièces d'or datant du début du XIXe siècle.

Lombric, calme et détendu, regarda sa montre puis s'adressa aux villageois qui se trouvaient encore dans l'auberge :

– Midi trente, messieurs-dames ! Vous voyez que j'ai tenu parole. Mon enquête est maintenant terminée. Je suis vraiment désolé si je vous ai un peu trop bousculés… c'est mon travail, de ne pas être toujours aimable. À présent, vous pouvez vaquer à vos occupations. Quant à moi, je règle ma note et je file : il me faut récupérer ma voiture chez le garagiste.

Le détective remplit un chèque et le tendit à Louise. Puis, tandis que les autres quittaient la salle dans un murmure, il ajouta :

– Je vais enfin pouvoir visiter votre si belle région. Au revoir et à bientôt !

FIN

Mayrinhac-Lentour, le 21/7/2021.

Le lavoir de Laumière-basse

Les girolles de Lombric

Remerciements :

À mes bêta-lectrices Eva David (sans accent sur le E), Florence Rigal et ma femme ; votre passion, votre soutien, vos idées ont été pour moi une aide et une motivation constantes.

À Monsieur Michel Bessières, de Mayrinhac-Lentour, pour l'entretien chaleureux et instructif que j'ai eu avec lui.

À Marie Thoisy, pour sa gentillesse et pour sa belle aquarelle qui m'a servi de couverture pour ce livre.

Autres œuvres de Guilhem CANDIE :

Nous trois et les fâcheux, drame social contemporain

Cinq récits épicés

Le crime de la fête votive (Lombric 1)

La notoriété de Lilas Kolis

Régénération (tome 1)

Le mystère du château (Lombric 3, à paraître)

Guilhem CANDIE sur Instagram *: Guilhem_46*

Sur Facebook : *Guilhem Candie Auteur*

Sur le web : https://www.guilhemcandie.com/

Contact : guilhem.candie@gmail.com

Printed by Amazon Italia Logistica S.r.l.
Torrazza Piemonte (TO), Italy

49586861R00127